Pour Chantal et Alex
ce livre plein d'amour
et de tendresse que je suis
heureuse de partager
avec eux chaleureusement
Dorothée

Tourne-toi vers le soleil

Dorothée Leurent

Tourne-toi vers le soleil

Editions LANORE
1, rue Palatine 75006 Paris

ISBN : 2 - 85157 - 235 - 0

“Quand il y a une volonté, il y a un chemin”
Shakyamuni Bouddha

Fracassée

Aurélie m'appelle. Il est 23h30.

- Je suis désolée de vous déranger à cette heure-ci, mais Pierre-Arnaud n'est pas rentré.

Réaction immédiate :

- Vous vous êtes disputés ?

- Pas du tout, pas une seule fois depuis qu'on s'est installés ici... Il m'avait dit qu'il revenait à 19 heures...

Sa petite voix canalise son angoisse :

- A quelle heure ferment les restaurants ? Il est peut-être parti dîner avec son amie américaine ? Je sais qu'elle est à Paris cette semaine.

- Mais Aurélie, il t'aurait prévenue, il n'a pas été élevé comme ça (décidément mon côté "ça ne se fait pas" est toujours là).

Je pense en filigrane qu'elle ne veut pas me le dire, mais qu'il s'est fâché pour une raison quelconque :

- Il passait l'oral de son permis aujourd'hui, il y est allé comment ?

- A moto.

J'accuse le choc :

- Quelle moto ?

- On ne vous l'avait pas dit pour que vous ne vous

inquiétiez pas, mais il y a huit jours, il s'est acheté une Aprilia 1000.

Bizarrement, ça ne me tracasse pas vraiment. Pierre-Arnaud s'entraîne depuis qu'il est tout petit, son père fait partie d'une famille de constructeurs de motos italiennes et conduire leur est une seconde nature. Du reste, la police est tellement sidérée quand elle le voit passer à fond la caisse avec son chien, un Golden Retriever, allongé sur le réservoir, qu'elle ne siffle même pas.

En revanche, c'est moi qui ait insisté pour qu'il passe son permis, c'est même mon cadeau de Noël parce que ça m'ennuie qu'il conduise avec une licence américaine. Il a beau me dire qu'elle est parfaitement valable, je n'y crois qu'à moitié.

Donc, effectivement cette semaine, il est sur le circuit du Tremblay, à frimer, étant donné qu'il manoeuvre presque mieux que le moniteur et que tout le monde lui demande des conseils.

Je décide de la rassurer :

- Écoute, je passe trois ou quatre coups de fil aux commissariats et je te rappelle.

Je ne sais pas trop lequel appeler, je commence par celui de l'avenue Mozart.

- Mon fils est à moto, il n'est pas rentré, est-ce que l'on vous a signalé un accident ?

Évidemment, réaction bête dans ces cas là :

- Et bien, il doit être en train de faire la fête, il était censé être où ?

- Entre le Tremblay et Nogent.

- Alors là !

- Ce n'est pas l'Afrique tout de même, qu'est ce qu'il y a ?

- Il y a qu'à Paris et en proche ceinture, c'est centralisé les accidents, mais pas en banlieue, il faut que vous appeliez tous les commissariats.

Je ne situe pas très bien Le Tremblay. Je rappelle Aurélie, il est minuit.

- Il n'y a pas eu d'accidents à Paris, mais ils ne savent pas pour la banlieue, j'arrive.

En même temps je pense : quand il va rentrer de sa soirée, je vais vraiment me fâcher. Me voir là, inquiète avec Aurélie, lui fera prendre conscience qu'on ne fait pas n'importe quoi dans la vie. Du reste, j'ai toujours été intransigeante sur cette partie de l'éducation : l'attention que l'on doit aux autres, cela me semble d'autant plus étonnant.

Et dans ma voiture, tout à coup je me souviens.

J'ai dû voir sept ou huit voyants dans ma vie. Deux d'entre eux m'ont dit que Pierre-Arnaud aurait un accident de moto mais sans aucune conséquence ni séquelle, ils me parlaient d'un accident de vitesse, d'une longue glissade, probablement par temps de pluie, avec une douleur au ventre.

J'avais bien sûr essayé d'interdire la moto à Pierre-

Arnaud, qui lui se marrait :

- Tes voyants, ils te disent tous que tu vas rencontrer l'homme de ta vie ?

- Oui.

- Et alors, tu le rencontres ?

- Non.

- Bon, le jour où tu le trouves, je commence à m'inquiéter pour la moto, d'accord ?

J'ai finalement obtenu qu'il ne conduise pas les jours de pluie, mais aujourd'hui il ne pleut pas. Seule, une légère bruine flotte dans le ciel et donne à cette fin d'année, un air désenchanté.

Je roule vers Nogent.

Pierre-Arnaud a quitté Paris et son quartier de la place des Victoires pour aller vivre là-bas, avec sa petite amie et leurs deux chiens dans un rez-de-chaussée avec un grand jardin.

Elle habite Nogent depuis toujours où P.A. construit avec son père de petits immeubles à l'architecture romaine.

Ce sont les chiens qui les ont fait se rencontrer. Un jour, Kissa, la chienne de Pierre-Arnaud quitte le chantier, ce qui ne lui arrive jamais, pour jouer avec Menphis, celui d'Aurélie, elle remarque l'adresse sur la plaque et la ramène.

P. A. est sous le charme. Plus jolie qu'Aurélie, il n'y a pas !

Leur appartement est encore plein de cartons, elle m'accueille en répétant :

- A quelle heure ferment les restaurants ?

Je me dis que vraiment il exagère mon fils et sans y croire je suggère :

- Il a peut-être eu un accident de moto.

- On aurait été prévenues.

- Il avait quoi comme papiers sur lui ?

- Sa carte bleue, son permis américain, sa carte d'identité avec l'adresse de Paris.

- Bon, tu sais où est Le Tremblay ? Tu as le nom du circuit ? Le numéro de téléphone ? Il avait des amis là-bas ?

- C'est le circuit Carole, il est hyper renommé, il déjeunait toujours avec un garçon qui s'appelait Laurent, je ne sais rien d'autre.

- Tu as une carte de la région ?

- Non.

Il est une heure et demie du matin et tout à coup j'ai peur :

Pierre-Arnaud m'a dit que ce circuit était en rase campagne, s'il ne peut pas nous prévenir, c'est qu'il est peut-être tombé dans un fossé, qu'il a une jambe cassée et qu'il souffre, il fait nuit à 19h, personne ne le verra, ou alors, il est dans un hôpital avec une mâchoire fracturée, il ne peut pas parler...

Je m'affole :

- On va aller au Tremblay, on va faire tous les fossés, j'appelle Thierry.

Thierry est le meilleur ami des enfants, il a vécu toute son adolescence avec eux. Ses parents ont divorcé quand il avait quinze ans et ni l'un ni l'autre ne tenaient à s'en occuper, sa mère parce qu'elle prenait un nouveau départ avec l'homme qu'elle aimait, son père parce qu'il cultivait sa déception et son amertume.

Alors, tout doucement, il est venu s'installer définitivement.

Certains soirs, excédée par des journées de boulot pleines de problèmes, je me disais bien qu'il n'y avait aucune raison de me retrouver avec trois enfants à élever, mais ce gosse était si droit, si gentil, il avait l'air tellement content et reconnaissant que je finissais par craquer et être ravie de le garder.

Personne n'est jamais venu le réclamer.

Le portable sonne, j'ai la messagerie :

- Réponds Thierry, s'il te plaît, réponds, on a besoin de toi pour faire les fossés du Tremblay, Pierre-Arnaud n'est pas rentré, réveille toi...

Je regarde Aurélie :

- J'ai peut-être une vieille carte de France dans la voiture, je vais la chercher.

- J'espère qu'il est avec des amis ou qu'il est en train de me tromper, mais je ne veux pas qu'il ait un accident.

Je reviens avec la carte, il faut se résigner :

- Trop loin le Tremblay, on n'y arrivera jamais. Allez, on appelle, moi les hôpitaux, toi, les commissariats.

On commence par Nogent.

Désagréables les préposés ou au mieux goguenards:

- Qu'est ce que vous lui avez fait à votre petit copain ?

Mais au moins ils nous indiquent où appeler sur la fameuse ligne que nous avons tracée sur la carte.

J'ai plus de chance avec les hôpitaux, l'accueil est gentil, avec toujours un petit mot en plus : bon courage, au revoir madame...

Rosny-sous-Bois, Villemonble, Le Raincy, Livry-Gargan, Pavillon-Sous-Bois, Sevran...

Toujours la même phrase :

"Je cherche mon fils, il s'appelle Pierre-Arnaud... Il était à moto, avez-vous un accident de signalé, avez-vous un blessé de ce nom là ?"

A chaque fois la même réponse négative.

Nous reprenons espoir, avec la peur au ventre.

Il est 2h30 du matin, je panique vraiment, Aurélie aussi.

J'imagine mon bébé, (il a 29 ans, mais c'est toujours mon bébé) en train de gémir dans un fossé, avec des fractures.

Thierry ne répond toujours pas, je pourrais joindre mon meilleur ami, Dominique, mais il s'est fait opérer d'une hernie et je sais qu'il ne peut pas bouger.

Nous sommes le vendredi 29 décembre, Bianca

mon autre enfant est à Istanbul pour ce week-end de fête.

Je constate encore une fois combien Paris engendre de solitude. Énormément de relations mais personne que je puisse appeler. Cela n'attriste d'ailleurs, ni Aurélie ni moi, nous avons l'habitude, mais comment aider Pierre-Arnaud ?

Je cherche désespérément une idée.

Il est 3h du matin, ma panique est totale.

J'entends Aurélie qui continue courageusement :

- Commissariat de Villepinte ?

Et tout à coup elle se décolore, devient blafarde, sa voix blêmit :

- Comment, décédé ?

Sa main se tétanise, elle lâche le téléphone, je le ramasse, affolée :

- Qu'est-ce que vous dites ? Je suis sa mère.

Une voix gênée à l'autre bout du fil :

- J'aurais pas dû le dire par téléphone, d'habitude on envoie une voiture...

- Quand, où, comment ?

Mes questions s'entrechoquent.

- C'était à 13 h 45, il allait très vite, sa moto a glissé dans un carrefour, il était dans le coma quand les pompiers sont arrivés.

- Il y avait quelqu'un d'autre ?

- Non, il était seul...

Je raccroche brutalement, je ne peux plus rien entendre, la douleur me fracasse mais, bizarrement, en même temps je pense :

- Alors, même ça, il l'a réussi !

Aurélie est tombée sur le divan. Le regard fixe, elle tremble :

- Téléphone à ta mère, Aurélie.

Pour ne pas devenir folle, j'ai besoin d'aide, urgent. J'appelle mon fiancé, sa voix est très ensommeillée, vaguement fâchée.

- Patrick ?

- Oui ?

- Pierre-Arnaud a eu un accident de moto, il est...je bafouille - il est... mort.

- Quoi ?

Il a dû lâcher le téléphone, j'entends un bruit sourd, la communication se coupe.

Du coup, j'appelle quand même Dominique, il est plus simple.

- J'arrive.

- Mais tu ne peux pas.

- Si, je peux.

Mon portable sonne :

- Où es-tu Minouchette ? Dis-moi, je viens.

C'est Patrick, lui donner l'adresse, parler, me demande un effort infini.

Ils vont venir, nous ne serons plus abandonnées toutes les deux.

Aurélie est hagarde, elle n'a pas bougé, si je m'écroule

je sombre dans la démence, vite, continuer à agir, je compose le numéro de mon frère, je tombe sur ma belle-soeur :

- Mon Dieu, pauvre Doro, tu penses qu'il faut que je réveille Alexis ?

Je soupire. Et dire que c'est pratiquement ma seule famille !

Mes parents et ma soeur ne sont plus là, mes oncles et tantes habitent tous dans le Nord, je les ai perdus de vue.

J'ai trop mal.

Je rappelle le commissariat, la voix déchirée, j'articule :

- Écoutez, vous ne pouvez pas me laisser comme ça, je suis sa mère, il est toute ma vie, où est-il ?

Toujours aussi gêné le flic et toujours aussi brusque :

- De toute façon, il faut que vous passiez d'abord au commissariat pour signer les papiers.

Je hurle :

- C'est mon fils, vous comprenez ? Je veux savoir où il est ?

- Il est au Funérarium de l'hôpital Robert Ballanger mais vous pouvez pas le voir avant d'avoir signé les...

Je raccroche violemment.

Enfin une voix amie : j'ai l'hôpital en ligne, qu'ils

soient remerciés pour la gentillesse qu'ils m'ont montrée à ce moment là, c'est comme si je m'arrêtais deux secondes de brûler vive.

Tout de suite, la personne de l'accueil a compris :

- Je vous souhaite beaucoup de courage, madame, j'essaie de trouver le médecin qui s'est occupé de lui et il vous rappelle.

Je n'ai toujours pas la force de prendre Aurélie dans mes bras, je lui répète :

- S'il te plaît Aurélie, appelle ta mère.

Le téléphone sonne :

-Allô, c'est le docteur Jourlain...

Je balbutie :

- Docteur, Docteur...

- Soyez assurée, Madame, que j'ai tout fait pour le sauver...

Moi, je n'ai qu'une idée fixe, je me raccroche à elle, il n'y a qu'elle qui compte :

- Il a souffert ?

- Je peux vous assurer que non, je sais que cela risque d'être douloureux pour vous, mais en même temps il est important que vous compreniez, sous le choc, ses poumons ont éclaté, dans ces cas-là, le coma est immédiat. Nous avons essayé de le ranimer jusqu'à 15h45 et puis nous avons abandonné.

- Docteur, je veux être avec lui.

- Je comprends, je vais donner des ordres. Normalement le Funérarium ouvre à 9 h, je vais le faire ouvrir dès 8h30. Si vous avez besoin d'aide, je suis là.

Je n'ai pas besoin d'aide, j'ai besoin de mon fils.

Il est 5h, trois heures à attendre. Je veux le voir, le toucher, rester avec lui, lui parler.

Heureusement, voilà Patrick et Dominique, pratiquement en même temps.

Ils ne se connaissent pas bien, ne s'apprécient pas vraiment, mais j'ai besoin de la force de l'un, de la gentillesse de l'autre. Je me répète, comme une défense entre ma souffrance et moi :

- Il n'a pas souffert... Il n'a pas souffert.

- Doro, il est mort comme il l'aurait voulu, comme il a vécu, à 100 à l'heure, il faisait tout à fond.

Dominique parle pour conjurer l'horreur, fait du café, s'occupe d'Aurélie, repère la route pour aller plus vite à Aulnay-sous-Bois. Patrick me dit doucement :

- Il faut prévenir Bianca et le père de Pierre-Arnaud.

Véronique, une de nos meilleures amies, est partie également à Istanbul pour le week-end. Patrick la réveille, elle est catastrophée, justement elle a rendez-vous pour un petit déjeuner, que doit-elle faire ? Peut être y aller un peu plus tôt, ce sera suffisant.

Aurélie pleure doucement dans les bras de Dominique, elle se charge d'appeler Manu, le demi-frère de Pierre-Arnaud, afin qu'il prévienne son père qui est du côté des Iles Vierges.

Je compte les secondes qui me séparent de mon fils.

A 6h, je n'y tiens plus :

- On y va, je serai plus près de lui là-bas.

Patrick arrive à me raisonner, me promet que l'on part dans une heure.

Enfin c'est le départ et j'ai l'impression d'un formidable moment de répit au milieu de toute cette douleur.

Le hall de l'hôpital est glacé, aseptisé, aucun mouvement, la jeune fille de l'accueil prévient une infirmière. Elle nous dirige vers une salle d'attente, nous parle avec beaucoup d'attention, veut absolument que nous prenions un demi Xanax. Aurélie refuse, il n'en est pas question, moi je cède, je m'en fiche.

Voilà le responsable du funérarium avec sa clé de Barbe-Bleue.

Il nous conduit au sous-sol, les couloirs sont gris, glauques, glabres...

Je ne peux pas supporter, des sanglots jaillissent, ceux que le Xanax n'étouffe pas :

- Pierre-Arnaud n'aurait pas voulu être ici, on ne peut pas le laisser, il faut l'emmener...

Lui qui a toujours eu cet air si policé, si élégant, des photos de pub de Ralph Lauren, à la fois naturellement sophistiqué et tellement sain, dans ces couloirs étroits et mornes où même une chauve souris ferait une déprime, c'est impossible.

La clé ouvre une porte, genre porte de prison, découvrant une petite salle froide de 2 mètres sur 3.

Mon fils est étendu sous des draps blancs.

Il est absolument magnifique.

Je l'embrasse comme une folle :

- Reviens mon bébé, reviens je t'en prie, reviens, tu le peux, je t'aime.

Ses mains sont glacées, inconsciemment j'essaie de les réchauffer. Aurélie blanchit et vacille, jusque là, elle n'y croyait pas vraiment. Dominique la rattrape, un infirmier l'installe sur un fauteuil roulant. Moi je ne vois rien, comme une litanie, je murmure des mots d'amour entremêlés de supplications.

Une heure, deux heures, je ne sais plus, l'homme à la clé réapparaît et me dit qu'il doit “rentrer” Pierre-Arnaud dans la chambre froide pour éviter qu'il ne s'abîme.

Dominique, toujours attentif, propose un petit déjeuner.

La cafétéria à côté de l'hôpital est sinistre, j'ai dans la tête l'image de Pierre-Arnaud, si calme, si beau, l'air si heureux.

On nous apporte du café et tout à coup, un énorme bruit, les chaises se renversent, Aurélie tombe de nouveau évanouie. Pendant que les pompiers la raniment, Dominique part chercher sa mère.

Je retourne voir Pierre-Arnaud, lui dire un millier de fois “je t’aime” puis Patrick me ramène à la maison.

Au pied de l’ascenseur, le voisin du quatrième attend déjà, j’ai juste le temps de souffler :

- Je n’ai plus de force...

Et je m’écroule sur lui.

Mes yeux s’ouvrent sur un médecin au beau sourire, il me questionne :

- Qu’est-ce qu’il vous arrive ?

- Mon fils a eu un accident.

- Et alors ?

- C’était dans un rond-point, il a été éjecté de sa moto, il est tombé sur le rebord.

- Et après ?

Il n’obtiendra rien de plus, je resterai sur le parapet avec mon fils, il n’y a pas d’après.

Le jour suivant, tout commence à changer. Bianca vient d’arriver à l’hôpital, Stéphane la soutient, ils se sont mariés il y a six mois sur un coup de foudre aussi fort que rapide, par bonheur elle n’est donc pas seule. Thierry aussi est là, avec des larmes silencieuses, il se reproche de ne pas avoir pu nous aider, désormais il ne pourra plus jamais éteindre son portable la nuit. D’autres amis arrivent, les plus jeunes sont sonnés, c’est leur premier contact avec la mort et s’il y avait un mot pour définir Pierre-Arnaud, ce serait “vivant”. Ils ne comprennent pas.

A midi, Giancarlo débarque tout droit de son île sous le Vent. Depuis la minute où il a appris la nouvelle, il n’a pas dormi, ses yeux sont rouge vif, il m’agresse :

- Qui lui a permis d’acheter cette moto ? C’est un véritable engin de mort.

- Parce que tu crois que j’étais au courant ?

- Tu ne l’étais pas ?

Du coup l’atmosphère devient électrique.

Le commissaire appelle sur mon portable pour la 4ème fois :

- Madame, il faut que vous veniez signer les papiers.

Aurélie m’arrache le téléphone, elle est beaucoup plus en rage que moi.

- Et vous ? Qu’est ce que vous faisiez entre 14h et 3h du matin au lieu de nous prévenir ?

- Nous avons essayé, une voiture a été envoyée rue des Jeûneurs à Paris, mais il n’y avait personne.

- Et vous croyez que c’est suffisant ? Vous vous rendez compte que si on avait été là, nous, on aurait pu l’empêcher de mourir ?

Le commissaire essaie de s’excuser :

- Vous savez, une veille de fête comme ça, tout est compliqué...

Vraiment écoeurant.

Dominique calme les esprits, propose d'y passer dans l'après-midi avec mon ex-mari.

J'aurais voulu pour une fois que Giancarlo soit gentil avec moi et me prenne dans ses bras, mais il ne décolère pas, il pense que j'ai toujours été trop permissive, trop laxiste avec Pierre-Arnaud.

Peut-être, mais comment faire pour ne pas jongler quand on a un boulot avec des horaires abracadabrants, deux enfants à la maison, un ex-mari qui s'en désintéresse presque totalement et ne les voit qu'en coup de vent, une petite trentaine d'heures par an, une pension alimentaire qui arrive quand elle veut, sporadiquement, c'est à dire pas souvent.

Je n'ai que 24 ans quand mon mari tombe amoureux fou de la jeune fille de juillet, une allemande ravissante et sophistiquée venue apprendre le français, garder nos petits et ceux de nos amis. Je ne m'étais pas méfiée une seconde, sur le terrain facile de la séduction, je gagnais depuis mes plus jeunes années.

Les enfants ont juste 3 et 4 ans.

Bien entendu, mon mari tente de se justifier, il bafouille qu'il nous aime toutes les deux. Puisqu'il n'a pas assez de volonté pour mettre fin à cette liaison, il me demande du temps et de comprendre, bref il sollicite de la maturité.

Manque de pot, je n'en ai pas, je me réfugie presque immédiatement dans un divorce, il me supplie de réfléchir, mais ça non plus je ne sais pas faire.

Il a acheté pendant les vacances de beaux terrains sur la Côte d'Azur, il va tout reconstruire là-bas avec elle.

Pour moi commence la galère.

Alors c'est vrai que je n'ai fait que les aimer à la folie, mes bébés, on vivait tous les trois comme des naufragés, enserrés dans une tendre osmose et, si je ne leur ai pas donné de freins, c'est que je n'en avais pas.

Du coup mon fils n'a pas pu s'arrêter à temps dans sa passion de la vitesse et ma fille a eu un bébé dont elle n'a jamais épousé le père.

Mais qu'est-ce qu'on s'est aimés !

De la Scandinavie à l'Écosse, de Moustique à la Cappadoce, de Cancun à la Baja California, de la Yougoslavie jusqu'en Crète, nous avons fait de prodigieux voyages. Sac à dos, je leur ai offert le monde. Et aussi tous les sports.

Pierre-Arnaud est 15/2 au tennis, petit, on l'appelait mini-Borg, ensuite, je ne sais trop comment, il est devenu très vite, handicap 3 au golf, il a fait partie des équipes suisses de ski de compétition et de hockey sur glace, il a obtenu son brevet de pilote et m'emmène régulièrement sur des terrains où l'on atterrit, comme par hasard, à côté d'un practice.

Bianca s'est débrouillée pour vivre 6 ans à Los Angeles où elle a passé un Bachelor de Théologie pour voir, un Master de Philosophie pour savoir et un autre de Business par devoir. Elle était présidente des étudiants étrangers de son Université et a terminé son parcours en tant qu'attachée de presse du Consulat, parce que c'était elle, la plus branchée des petites Françaises.

Mes enfants savent vivre, ils disent avoir eu une enfance géniale, mais ne connaissent pas ce que d'après moi, seul un père peut donner : une forte structure mentale.

Je pleure depuis des heures accrochée à Pierre-Arnaud.

Giancarlo et Manu décident que ce n'est pas bon pour moi et qu'il faut procéder à la mise en bière.

Crise d'hystérie dans le hall de l'hôpital, il n'en est pas question, pas encore, je veux le voir une dernière fois demain matin et après, je promets, nous nous chargerons de la messe.

Bianca sort de son chagrin, elle voit enfin un événement à préparer, elle veut que ce soit superbe :

- Maman, on s'en occupe toutes les deux.

Je ne sais vraiment pas qui se soucie de prévenir qui, mais j'ai au téléphone mon deuxième mari,

Jacques, un publicitaire ultra connu :

- Je suis à l'île Maurice, je rentre, tiens le coup.

Son coup de fil ne traverse pas l'épais brouillard qui me recouvre et m'isole. Pourtant je sais combien Bianca le considérait comme un presque père, elle, qui souffrait tant du départ du sien et guettait toutes les étoiles filantes pour leurs demander de le lui ramener.

Loin, au fond de ma mémoire, dans un coin de tiroir, j'ai archivé mon éblouissement de petite rédactrice débutante et trébuchante, devant cet homme de 40 ans qui possédait une si fabuleuse accointance avec l'air du temps, maniait le verbe avec tant de verve et donnait à chaque instant des allures d'éternité. Jusqu'à dans sa façon de m'aimer.

Gérard déboule à toute vitesse (mais comment trouvent-ils tous l'hôpital ?), égal à lui-même : un ours tendre et mal embouché à la recherche continuelle d'un miel qu'il ne trouvera sans doute jamais.

Il attaque tout de suite :

- J'ai bien réfléchi pendant le trajet, tu es foutue.

Son ton péremptoire m'arrache un semblant de demi-sourire. C'est lui qui connaît le mieux mon amour pour Pierre-Arnaud.

J'ai vécu 6 ans avec Giancarlo, 5 ans avec Jacques et 12 ans avec lui.

Il se plaignait tout le temps :

- Que voulez-vous, elle n'aime que Pierre-Arnaud.

Je haussais les épaules mais aujourd'hui je me rends compte à quel point c'était vrai. Il était mon pilier, le bonheur autour duquel tout tournait, chacune des petites cases que je construisais à côté restait accessoire : le boulot, les maris, les histoires...

Déjà quand il naît, le médecin m'annonce :

- C'est un garçon.

Et je répète, je ne sais pas pourquoi :

- Merci mon Dieu, merci mon Dieu...

Il a fallu faire une piqûre pour que je m' arrête.

Je vois pour la dernière fois Pierre-Arnaud, je suis plus calme, on m'a laissé trois jours avec lui. Il est toujours aussi beau et c'est malgré tout un merveilleux cadeau. J'ai décidé de tenir jusqu'à la messe, après d'une façon ou d'une autre je ne veux plus vivre.

Bianca a pris rendez-vous à la paroisse la plus proche de chez nous. Le prêtre est compatissant mais plein de certitudes qui ne sont pas les siennes.

Avec la franchise de sa génération, elle l'arrête :

- Tous les amis de mon frère seront là, ils ne croient pas... vraiment (ouf, elle n'a pas dit : à toutes ces conneries) il faudrait faire un sermon ouvert et pas édifiant.

Le prêtre a un haut de coeur.

- D'autre part, continue-t-elle tranquillement, un de

mes meilleurs amis est premier violon à l'opéra de Paris. Je voudrais qu'il vienne.

Cette fois-ci, il explose :

- Ce n'est pas une salle de spectacle, c'est une église.

- Écoutez, on va réfléchir.

Elle est vraiment américaine, ma fille, même là, les “droits du consommateur” sont sacrés pour elle.

Deuxième paroisse, deuxième rendez-vous.

Le prêtre est encore plus âgé. Nous parlons trois minutes avec lui. Il est malheureusement formaliste, impersonnel et distrait.

On zappe.

Je commence à être inquiète.

Bianca fait tranquillement du marketing :

- Cette deuxième église est parfaite, chaleureuse, la bonne taille, environ 500 personnes, on prendra celle là mais avec un prêtre jeune, ça ne va pas pour Pierre-Arnaud, un prêtre racorni.

Cette fois, c'est le curé de la paroisse principale. Il a une quarantaine d'années. Il est plein de lumière et d'intelligence. Bianca arrive avec des munitions. Elle donne des cours de philosophie en anglais dans une très chic école religieuse et avec l'aide de Soeur Marie Pia, elle a potassé chaque passage de la Bible pour trouver ce qui convenait le mieux.

Quelle merveille, le prêtre comprend tout, accepte tout, apprécie tout : le premier violon, l'Ave Maria de

L'émotion est palpable, l'amour tangible, donc tout ce que l'on offre dans la vie, un regard, un baiser, un mot gentil, tout vous est rendu ? Je le sens ici, je sens que ce que Pierre-Arnaud et moi avons donné, nous revient à cet instant même et c'est énorme.

Thierry prononce un discours qui mêle sourires et larmes :

“Il serait trop difficile de résumer en quelques mots ce que Pierre-Arnaud représentait pour nous tous.

Chacun aurait son mot à dire, chacun pourrait évoquer de drôles et heureux souvenirs tant Pierre-Arnaud incarnait la joie, forçait l'admiration et faisait d'une rencontre un événement mémorable.

Il avait entre tous, ce don unique de communion, parce qu'il aimait tout simplement les autres.

De mes moments avec lui, je ne retiens que de la gentillesse, une affection sincère, un sens de l'humour et de la répartie extraordinaire. Qui d'entre nous n'est pas tombé sous le charme et tout particulièrement Dorothée et Bianca, qui ont bien voulu le partager avec moi et pour qui Pierre-Arnaud était le centre d'un amour sans mesure que rien ne pourra jamais ébranler... Il est parti trop vite, mais c'était cela aussi Pierre-Arnaud, cette vie qu'il a voulu vivre à fond, comme s'il savait que son ange gardien aurait du mal à le suivre et s'essoufflerait avant lui.

Boubou, mon ami, mon petit frère, tu es présent si fort dans mon coeur que j'entends encore tes appels

“Titi !” résonner dans ma tête. Je te souhaite un beau voyage céleste...”

Emmanuel poursuit, ses mots se heurtent :

“C’était mon grand-frère, mais c’était également le grand-frère de tous. Je l’aimais pour son courage et son goût de la vie, je l’admirais pour le bonheur qu’il affichait et m’émerveillais à chaque fois qu’il transformait une difficulté en succès. En fait, je n’ai jamais rencontré quelqu’un d’aussi prodigieusement bien dans ses pompes et des pompes, je peux vous dire, qu’il en avait des centaines !...

Gérard a mis en forme un petit diptyque à donner à tous ceux qui veulent se souvenir. Sur la page de couverture, une très belle photo avec le regard de Pierre-Arnaud, qui nous fixe comme s’il connaissait son destin, au milieu d’un ciel excessivement bleu de Magritte, sur celles du milieu, un texte léger, ciselé dans la nostalgie et sur la quatrième, une autre photo tirée du temps où il jouait à être top model pour pouvoir nous faire et se faire des cadeaux.

Le cocktail de Patrick est un peu trop princier.

Maître d’hôtel, petits fours à foison, tout le panache d’un traiteur, mais au moins, l’atmosphère est moins triste.

Giancarlo souffre comme un dingue.

Jacques culpabilise :

- J'aurais dû être plus attentif.

Gérard râle :

- Tout le monde te console et moi alors ? Qui prend en compte ma peine ? Je m'en suis occupé, je l'ai accompagné à ses cours, amené à l'hôpital quand il s'est cassé la main, personne n'a l'air de s'en rendre compte ici.

Il m'arrache un autre semblant de sourire.

Giancarlo m'appelle :

- J'ai à te parler.

- Il y a un petit salon à côté.

Je pense qu'il va me promettre de donner plus d'affection à Bianca, me dire à quel point il aimait Pierre-Arnaud.

- Pendant que tu préparais la messe, je suis allé dans l'appartement de Pierre-Arnaud avec Marion...

Marion ? J'ai le coeur qui se serre, 25 ans après, je lui en veux toujours, non pas d'avoir pris mon mari, il avait le droit de ne plus m'aimer, mais d'avoir subtilisé un père dont mes enfants avaient viscéralement besoin. Pourquoi était-elle chez mon fils ?

- Nous voulions trouver certains papiers du bureau qu'il gardait chez lui, j'ai découvert des choses bizarres, Pierre-Arnaud était faible, il a dû se laisser entraîner...

Décidément, il ne le connaît absolument pas, il avait certainement des défauts mais vraiment pas celui là.

- Ce n'est pas de sa faute, ajoute-t-il, mais je retrouverai les gens qui l'ont poussé à mal agir et ceux- là je les poursuivrai jusqu'au bout...

Quel scénario est-il en train d'imaginer, je suis trop hébétée pour l'interrompre.

-... Il s'agit de vol.

Je commence à trembler, je ne comprends rien, Pierre-Arnaud a-t-il emprunté de l'argent à la société ?

Il est gérant de toutes les S.C.I. En revanche, plus proche de lui que moi, il n'y a pas, je sais que, même s'il a un sens aigu des affaires, il est incapable de malhonnêteté, je vais réagir...

- J'ai tout de suite, continue-t-il, mis Aurélie hors de l'appartement et j'ai repris la clé par précaution.

Je voudrais tenir, mais je ne peux pas, Aurélie, ma petite future belle-fille si géniale, le grand amour de mon fils, il m'avait déclaré, tout heureux, vouloir l'épouser à la fin de ses études, pour moi c'était officiel et agir de cette façon avec elle me donne instantanément la nausée, je n'ai rien avalé depuis cinq jours, on me nourrit au Rénutryl, une espèce de liquide sucré hyper bon qui contient 500 calories par canette, mais ça ne doit pas suffire, je m'écroule, tétanisée, j'entends vaguement Giancarlo dire :

- Mais Doro, c'est pour le bien de Pierre-Arnaud !

J'étouffe, mon ex-mari s'inquiète et va chercher discrètement Françoise au salon, elle arrive affolée :

- Qu'est-ce que vous lui avez fait ? Ce n'est vraiment pas le jour...

Parmi les invités se trouve une étudiante en

médecine, elle me met un lexomil sous la langue et me couche d'autorité.

Aurélie est chez sa mère, traumatisée, Giancarlo est reparti en Italie, nous n'avons toujours pas compris de quoi il parlait. On me dit que c'est sa façon de se défendre, qu'il a trop mal...

Oui, mais combien de fois faudra-t-il qu'il me blesse ?

Et la souffrance monte, inexorable.

C'est comme une multitude de petits rats qui rongeraient avec avidité le foie en permanence.

Les gens m'appellent, me demandent :

- Comment vas-tu ? - puis s'excusent aussitôt :

- C'est une question bête, pardon.

Je réponds doucement :

- La souffrance est insupportable.

- Que veux-tu dire par insupportable ?

Je sens qu'ils ont peur que cela leur arrive et de ne pas survivre, c'est un peu du voyeurisme mais je sais qu'ils éprouvent une réelle peine pour moi et qu'ils désirent partager.

Alors je partage :

- C'est comme si j'étais un volcan qui éructe, non pas de la lave et des cailloux, mais des larmes et des tripes, mes tripes, c'est une force immense qui se brise comme une lame de fond, me terrasse et me fracasse en mille petits morceaux sanguinolents. Je me demande alors comment “on” peut imposer ça à un être humain, je ne comprends pas pourquoi je n'en meurs pas mais petit à petit tout se calme et lentement, les petits rats reprennent leur travail.

Voilà, j'ai répondu.

Certains amis me disent :

- Heureusement, il te reste une fille.

Ils ne se rendent pas compte combien cette phrase renferme d'ignorance.

Le "plus jamais" est inconcevable, tant de choses encore que j'avais à partager, de jolis rêves, comme le détroit de l'Okavango où nous avions décidé de faire une cure d'hippopotames, j'adore les hippo et cela amusait trop P.A. qui voulait m'accompagner, ou encore ce raid en motoneige, à Pohénégamook, dans le sillage du Saint-Laurent. D'autres choses plus simples, "Vol de Nuit" par exemple, que je désirais lui faire relire, le golf où je prenais tellement de plaisir à le voir remporter si clairement des compétitions et ces doubles au tennis joués si nonchalamment.

Tant de trésors qu'il avait encore à me donner, les petits enfants dont j'aurais raffolé et cette vieillesse dorée que je me préparais sous le soleil qu'il était...

Je revis à l'infini mes derniers souvenirs.

Dimanche 24 décembre, Aurélie et Pierre-Arnaud viennent pour le déjeuner de Noël en Sologne, il m'offre une chaîne légère, où s'accroche un très joli petit éléphant, en déclarant qu'il me ressemble, qu'il a l'air comme ça délicat et fragile mais qu'en fait, il contient toute la force des racines du ciel. On s'est peut-être dit vingt fois que l'on s'aimait puis je l'ai embrassé avec un peu de nostalgie comme à chaque fois qu'il ne restait pas assez, ensuite je leur ai longuement fait au revoir avec la main. Je ne savais pas que c'était la dernière fois que je le serrais dans mes bras...

Je tremble en permanence, Patrick et les autres me demandent :

- Tu as froid ?

Non, je n'ai pas froid, je suis en manque, en manque de cette drogue que constitue l'amour, de cette chaleur que procure l'attachement.

J'attends "son" coup de fil de 11h, sa voix dans ma voix. Son dernier message disait :

- Maman, je suis au top, je t'aime...

J'ai ri et j'ai appuyé sur le 2.

J'ai effacé son dernier "je t'aime", mais il me l'a dit si souvent que je l'entends toujours.

Je dors avec sa parka comme couverture, j'essaie de ne pas trop respirer pour économiser son odeur, la garder le plus longtemps possible, je m'enveloppe de tout cet amour, de cette immensité, de cette magnifique osmose que j'avais avec lui, mon bébé, l'homme de ma vie.

La force de cette passion m'emplit d'une tendresse

qui ressemble au paradis. Mais la souffrance revient, épuisante, plus qu'une morne lassitude, une espèce de léthargie : il est mort en pleine vie, me dit-on, moi je vis en pleine mort.

Putain, rendez-le moi, là haut, c'est trop dur !

Déjà quand il avait pris son premier studio, j'avais fait un genre de déprime. Un jour, dans la voiture, place de la Madeleine, il m'annonce :

- A propos, j'ai trouvé un studio, j'emménage le mois prochain.

Je deviens blanche, je stoppe net :

- Ecoute, on ne dit pas à une femme avec qui l'on a vécu 23 ans qu'on la quitte, comme çà, place de la Madeleine.

En tant que mère, j'ai tout faux, dirait Françoise Dolto.

- Mais enfin, reprend-il, tu savais bien que je te quitterai un jour !

- Oui, mais pas tout de suite, pas maintenant, dans 5 ou 10 ans peut-être.

On a fini par en rire tous les deux mais par la suite il a bien fallu affronter le vide : terminés la musique à fond, les copains présents à chaque instant, le bruit, le frigo rempli à ras bords et même le repassage des chemises !

Pire qu'un divorce, parce qu'au moins un homme, on peut en retrouver, mais un enfant !

L' amie psychologue que je me résous à consulter car je n'ai plus de goût à rien, est formelle :

- Il y a bien des choses que tu aimes faire ?

- Oui, jouer au tennis mais avec lui parce qu'il met toutes les balles dans ma raquette.

- Quoi d'autre ?

- Aller au cinéma... mais avec lui parce qu'on rit aux mêmes passages.

- Et encore ?

- Dîner au restaurant... mais avec lui, parce qu'il trouve toujours des places juste devant... Ah oui, commander des sushis et regarder un DVD, mais il n'y a que lui qui sache les choisir.

- Dorothée, tu n'es pas raisonnable !

- Je sais.

Nous en avons conclu que j'étais inguérissable.

Aujourd'hui, je suis contente de l'avoir été.

Je compte les jours pour le rejoindre, si je vis encore trente ans, ça va faire environ onze mille.

J'ai mal à mourir.

Frédéric Dutourd m'appelle, il a écrit un roman sur le coma. Il a des mots magiques :

- Ce n'est pas une mort, c'est l'éclatement d'une étoile. Pierre-Arnaud était un être exquis, céleste, il est parti heureux...

Et mes amies de son enfance avec qui nous passions nos vacances essaient aussi d'atténuer ma peine.

D'abord Sophie, que nos enfants surnommaient Cruella, tant elle était sévère :

- Tu lui as donné tout ce que tu pouvais et ce que tu pouvais, c'est énorme, cette espèce d'intelligence légère qui vous caractérisait et apportait de la beauté à toutes vos pensées...Tu te souviens, chaque fois que je me fâchais, il s'arrangeait pour me désarmer !

Ensuite Françoise :

- C'était quelqu'un d'exceptionnel, l'exception ne peut pas durer dans le temps...Je me rappellerai toute ma vie à quel point il m'a aidée en Crète quand j'allais mal, " tu es trop jolie, me disait-il, pour pleurer " Vous aviez tous les deux, cette étrange liberté qui est la véritable élégance de coeur.

Certains de mes amis sont vraiment gentils. J'ai de la chance.

Sophie m'emmène chez un spécialiste :

- Il n'y a pas de pire souffrance que la mort d'un enfant, mais vous verrez que si la souffrance commence par détruire, ensuite elle reconstruit.

Trop compliqué pour m'aider.

Je retourne voir le Père Dognin :

- Mon père, je voulais vous remercier...

- C'est moi qui dois vous remercier, je suis heureux d'avoir pu donner une si belle messe, tous ces jeunes qui communiaient dans l'affection ! Vous savez, j'ai rarement l'occasion de ressentir tant d'amour. Cet amour va maintenant vous emplir, il vous donnera la force de vous accomplir.

Aucun accomplissement ne vaut ce prix là.

Je n'en peux plus, il y a le Lexomil, l'Imovane, le Rohypnol, l'Havlane, pas grand chose en fait, ce soir je fais un mélange et j'avale.

Je me réveille, aveugle.

Heureusement, j'ai mon portable à portée de la main, je tâtonne jusqu'au chiffre 5, celui de Dominique.

D'ailleurs si je veux résumer : Dominique est toujours là quand je vais mal, Patrick est toujours là quand je vais bien et Giancarlo et Gérard ne sont jamais là.

Il m'emmène en urgence chez une copine ophtalmo :

- Tu fais une kératite, il va falloir deux ou trois jours pour que ça passe, tu ne savais pas que les somnifères desséchaient la cornée ?

Non ! On ne me dit jamais rien à moi.

Je suis toujours dans l'accident, cet horrible 29 décembre, je ne veux changer ni de mois, ni d'année et la vie s'organise.

Le matin, je prends les plus jolis mots que j'ai reçus et je réponds :

- Pardon de ce retard, merci pour ta lettre, parmi les milliers de larmes qui brouillent ma vie, elle a bien dû en sécher une centaine, je t'embrasse...

Je remercie aussi pour les fleurs.

L'après midi, je mets de l'ordre. Il faut :

- Faire reprendre la moto, qui est dans un dépôt, par Accro - Moto, le garage de la casse.
- Prévenir la banque.
- Passer chercher ses affaires à l'hôpital, sa valise de pilote à l'Aéroport de Lognes, ses sacs de golf à son club.
- Vendre sa voiture.
- Annuler ses portables.
- Vider son appartement, le frigidaire...

Que c'est dur !

Puisque Giancarlo a pris tous les papiers, c'est logique qu'il s'occupe de la moitié.

Son bureau me répond qu'il est reparti trois semaines dans les Caraïbes pour se reposer.

Quand je disais qu'il n'était jamais là.

Bianca et moi avons rendez-vous avec le notaire. J'aime bien l'étude de Maître B., au temps du bonheur, on s'y retrouvait souvent avec Pierre-Arnaud.

Mes souvenirs affluent.

Quand ce petit bout'chou de 3 ans m'a dit d'un air décidé, en me voyant pleurer le départ de son père :

- Maintenant, c'est moi qui m'occupe de toi.

Et comme il l'a fait ! Toujours là quand ça n'allait pas. Immédiatement présent quand je n'avais pas le moral ou lorsque j'avais besoin de son intelligence concrète pour régler certains problèmes, son premier salaire avec lequel il m'avait offert, tout fier, la moitié de la collection de Kookaï et cette manie depuis qu'il travaillait, de vouloir me mettre à l'abri.

Dans chaque immeuble qu'il construisait, il me réservait la "queue" du programme, en général un studio au rez de chaussée Nord, sur la rambarde du parking, difficile à vendre, mais idéal à louer étant donné que le loyer couvrait entièrement le crédit mis en place. Nous nous étions rendu compte en effet que puisque leur pension alimentaire s'était arrêtée à la fin de leurs études et que je n'avais travaillé que 20 ans, je n'aurai pratiquement pas de retraite.

Pierre-Arnaud s'était mis en tête de m'en fabriquer une.

J'ai reçu tellement d'amour que je ne devrais jamais me plaindre. Jusqu'à l'appartement ou j'habite actuellement, un surprenant deux pièces avec une terrasse de 90 m de plain-pied que P.A. a négocié jusqu'à ce que la propriétaire craque complètement ! Et bien sûr il s'est occupé des travaux avec toujours le même besoin de me protéger.

Un jour, j'arrive, les ouvriers étaient en train de mettre en place un quatrième placard, je l'appelle :

- Mais enfin, arrête avec tes placards, je n'ai pas tellement d'affaires !

- Si un jour tu dois le louer, c'est comme çà qu'il doit être ton appartement, laisse-moi faire...

Ils m'agacent ces quatre placards, mais il avait raison.

Le notaire nous confirme ce dont on se doutait, les gens à Nogent sont atterrés, les collaborateurs, les clients, les entreprises et tout ce petit monde qui adorait travailler avec Pierre-Arnaud.

Sa secrétaire pleure furtivement :

- En 7 ans, je ne l'ai jamais vu une seule fois de mauvaise humeur, il apportait de la gaieté partout où il allait. Hier, un de ses fournisseurs me disait :

"Quand je le voyais arriver, je savais que j'allais me faire arnaquer mais ça me faisait rire, il avait l'art de nous entuber et qu'on aime ça".

- Pierre-Arnaud ne parlait que de vous, reprend Maître B., parce que je le considérais presque comme un fils, je vais tout faire pour que la succession ne soit pas un moment trop difficile pour vous.

- Oui ? Que se passe-t-il avec Giancarlo ?

- Je pense qu'il doit réagir avec colère pour tenir le coup.

- Il me fait mal.

- Vous savez, nous les notaires, nous voyons tellement de choses ! Bon, Pierre-Arnaud possédait des parts dans chacune des sociétés, il va falloir vous battre sur leur valeur...

Me battre ? Mais comment, Don Quichotte contre les Moulins à Vents ?

...Une autre chose va être pénible : Je vais devoir envoyer un huissier pour estimer les affaires de votre fils, il faut que vous soyez présente.

- C'est obligatoire ?

- Nous pourrions établir un prorata, mais cela coûtera 10% de la succession, tandis que là, nous allons arriver à une somme beaucoup moins importante.

Y a t'il quelqu'un d'humain dans la salle ?

J'ai du mal à rentrer, j'ai besoin d'être aidée, j'appelle Patrick - Mon Dieu pourvu qu'il soit là ! - Il me répond avec cette efficacité qui me surprendra toujours :

- Je recherche le meilleur conseil possible, je prends rendez-vous et nous irons ensemble.

Patrick s'occupe des affaires privées des plus grands dirigeants français, il a un carnet d'adresses et un savoir-faire imparables.

Un quart d'heure plus tard, il me rappelle :

- Rendez-vous demain à 17h30.

En attendant je traîne ma peine, chaque fois que je vois une fenêtre j'ai envie de sauter, juste envie, je sais que je ne peux pas vraiment le faire, parce que je me retrouverais peut-être dans une sphère où Pierre-Arnaud ne serait pas, nous serions séparés pour l'éternité ou du moins jusqu'au jugement dernier, non merci !

Alors je me laisse glisser sur le sol, je pleure en me murmurant des paroles apaisantes, genre “plus que 30 ans à attendre, ce n'est pas si terrible à supporter une atroce douleur pendant 30 ans, puisque j'en ai l'habitude maintenant".

Patrick joue dans la cour des Grands.

Et moi qui navigue généralement partout en me sentant en confiance, là soudainement, l'austérité chic des salles me glace, je me sens une toute petite fille, Alice au pays des crocodiles.

Le Conseiller est très attentionné et très radical :

- Votre ex-mari n'avait pas le droit de se saisir des papiers. Imaginez qu'il y ait eu dans les affaires personnelles de votre fils un testament pour Aurélie et qu'il l'ait détruit...Nous allons envoyer une lettre d'intimidation, ensuite nous accepterons de négocier.

Patrick est satisfait, moi, je suis abasourdie. Je rentre et j'ai une formidable crise d'angoisse, qu'est-ce que Pierre-Arnaud doit penser là-haut au ciel ? On ne peut pas me demander de lui faire et de me faire supporter tout ce méli-mélo, c'est sûr maintenant, je vais mourir, mais avant je veux faire la paix avec le père de mes enfants.

Mon portable passe très bien dans son île, je sanglote carrément :

- Giancarlo, "ils" veulent me faire faire des choses horribles et toi tu dis des choses affreuses que je ne comprends pas, je ne peux pas vivre ça, je n'y arrive pas.

Je le sens aussi malheureux que moi au bout du fil

et tellement soulagé que quelqu'un lui parle :

- Écoute, j'ai découvert que Pierre-Arnaud avait une Mercedes SLK 320.

- Ça non plus tu ne le savais pas ?

- Mais il n'en avait pas les moyens !

- Bien sur que si, il a vendu la Porsche.

- Oui justement, c'est quoi cette Porsche ?

- Eh bien, il l'a achetée pour remplacer sa Chrysler, une Viper RT...

- "Sa" Chrysler ?

Et tout à coup, je commence à comprendre, Giancarlo ne sait rien de son fils, ils ne communiquaient pas, il s'en est rendu compte en fouillant dans ses papiers et ça l'a rendu fou de colère ou de tristesse.

Je reprends doucement :

- Pierre-Arnaud avait une passion : les voitures. La même que la tienne d'ailleurs, dois-je te rappeler que quand je t'ai connu à 17 ans, tu venais me chercher à mes cours avec ta vieille Facel Véga ? Nous étions convenus qu'il s'impliquerait dans tes affaires plutôt que de devenir réalisateur comme il le désirait, mais qu'il s'offrirait une compensation.

"Il a donc pris un crédit de 45.000 euros, que j'ai dûment cautionné et il a entrepris de monter un deal avec un copain garagiste : pouvoir "acheter" toutes les voitures qui passaient par là, l'une remplaçant l'autre bien entendu, sans perdre d'argent, j'aimais bien la première, une Audi A8 quatro, je crois, par la suite, à la fin des remboursements, Pierre-Arnaud voulait disposer de la somme pour monter une petite société avec ce copain."

Je le sens égaré, son silence est désorienté, il reprend en hésitant :

- J'ai cru que... peut-être, sans vraiment s'en rendre compte, il...il participait à un trafic de voitures...

Tous les deux on n'en revient pas. Moi de ce qu'il a pu penser, lui de ce que je lui dis.

Il tente de se justifier :

- J'ai trouvé pleins de papiers chez Pierre-Arnaud et j'avais entendu parler un jour, d'une mafia qui se servait de jeunes gens de bon niveau pour revendre des voitures de luxe, en ne leur donnant qu'un double des clés. Il leur était facile ensuite de récupérer les voitures et de les passer à l'étranger...

- Attends, j'hallucine, c'est Bonnie and Clyde ton histoire ?

- A peu près.

- Pierre-Arnaud était certainement très *bordélique* mais d'abord bien élevé, tu aurais quand même pu m'accorder un tout petit peu de crédit à ce sujet... Peut-être pourrions nous commencer par nous faire confiance ? D'abord parce que Bianca a extrêmement besoin de ta gentillesse et ensuite parce que nous désirons toutes les deux vivre en paix. Je propose donc que tu gardes toutes les parts et tu nous feras le cadeau que tu estimeras juste, c'est mieux comme çà.

- Je vais voir si c'est possible.

- Je t'embrasse.
- Moi aussi.

Ah ! ça fait du bien !

L'huissier passe :

- Le réfrigérateur, 7 euros...
- Mais il est neuf.
- Invendable en salle des ventes. Les vêtements, rien du tout ...15 euros la chaîne.
- C'est une Bang Olufsen !
- C'est son prix.

Je n'insiste plus, je le regarde brader tout ce qu'aimait mon fils, décider que rien n'a de valeur, les larmes coulent, me déchirent, je me raccroche comme à chaque fois à l'amour, je pense, ne t'inquiète pas mon bébé, je t'aime et j'aime chacune de tes affaires.

Je l'ai appelé, "bébé" jusqu'à ce qu'il ait 15 ans et 1m85, après je n'ai plus osé, je suis passée à "Boubou", ses amis l'appellent P.A.

Nous avons réservé le week-end suivant pour commencer à vider l'appartement, Aurélie ne veut plus y habiter. De toute façon, c'est trop cher et ce serait difficile de le lui offrir. Il y a Filou, Titi, Stéphane, Bianca, Aurélie et moi.

Au début tout va bien, les filles regardent les disques, les meubles, les garçons sont contents de se partager les cinq sacs de golf, les raquettes de tennis, les multiples chemises encore sous cellophane, puis petit à petit, le plaisir de se retrouver fait place au vide, tout à coup l'absence est palpable, insupportable, Bianca s'assoit par terre, silencieuse, livide, j'ai le coeur qui serre à m'étouffer, Aurélie règle le problème en tombant en syncope.

On décide tous d'arrêter, les enfants vont prendre un verre chez Thierry, moi comme d'habitude, j'appelle Dominique.

C'est curieux quand même, que Pierre-Arnaud soit parti le 29 décembre, comme s'il s'était dit : je peux arrêter un instant de m'occuper de maman, quelqu'un sera là pour l'aider.

La pré-retraite de Dominique débutait le 30 décembre, il bénéficiait d'un plan social et se demandait comment il allait passer ce temps qu'il n'escomptait pas.

Et bien, il a sa réponse : en me protégeant. C'est plutôt une bonne nouvelle, il a toujours rêvé d'être un preux chevalier, de dresser des ponts au-dessus des démons et de remblayer les sentiers décimés.

Toute la semaine, Dominique emballe les affaires de Boubou dans des cartons, moi je trie en angoissant, jette en pleurant, range en soupirant, donne quelques vêtements en souriant. Quand tout le monde ira mieux, en septembre par exemple, on pourra recommencer à partager.

Le vendredi soir, c'est terminé, les ouvriers du chantier sont passés et ont tout déménagé dans un box disponible. Je rends les clés à l'agence.

Dans la voiture qui me ramène, je sens que quelque chose ne va pas, j'ai des frissons, mal à vomir, j'ai froid et je brûle. Arrivée chez Dominique, je prends ma température : 40°2.

Nous décidons de me faire dormir là, il me laisse son lit, plus confortable et prend la chambre d'amis.

Je me couche et comment définir cette infinie angoisse du corps, la tête qui cogne, le coeur qui chavire, l'épuisement, ce mal être total, presque insupportable, je n'ai même plus la force d'appeler au secours.

Le matin, vers 9h, on reprend ma température, 39°6.

Dominique met en place des remèdes de grand-mère complètement ubuesques : une pièce de vingt centimes en cuivre collée au-dessus du tibia pour soulager le mal de tête, une friction au vinaigre pour faire baisser la fièvre, un citron chaud pour atténuer le mal de coeur.

Je vomis le citron chaud et tout le reste, ma vie, ma souffrance, l'abandon.

Je songe au 19ème siècle, lorsque l'on mourrait encore d'amour, c'est tellement inconfortable ce corps épuisé et ces soubresauts de douleur qui, malgré tout, le vrillent encore.

A 22h, je n'en peux plus, c'est trop difficile de mourir, je demande à Dominique d'appeler S.0.S. médecin.

- Tu crois ?

- Oui, je suis trop mal.

- Je vais te donner de l'eau de Mélisse, c'est bon pour les chocs.

- Dominique !

- O.K, je vais chercher sur internet.

- Non, fais-le par téléphone s'il te plaît.

- Mais à quoi cela me servirait d'avoir internet alors ?

Une demi-heure plus tard, il n'a toujours pas trouvé. Pendant ce temps là, j'agonise. Il finit quand-même par téléphoner. Le médecin arrive, me tâte partout :

- Et là, vous avez mal ?

- Non, j'ai mal au coeur.

- Je sais, vous me l'avez déjà dit, mais je dois vous demander, et là ?

- Non, j'ai mal au coeur.

Visiblement, je l'agace, il a beaucoup plus envie d'aller voir ce que fabrique Dominique sur son ordinateur.

- Je vais vous faire une piqûre, ça ira mieux dans vingt minutes.

Encore vingt minutes de souffrance ? Je n'y arriverai pas.

Il se détourne et rejoint Dominique.

- Vous permettez ? J'ai joué à la baisse sur le

Nasdaq et je voudrais juste voir si j'ai eu du nez.

Et les voilà tous les deux, vérifiant les cours de la Bourse, échangeant leur manière de faire, pianotant sur Internet exactement comme lorsqu'ils jouaient aux billes quand ils étaient petits, en se prenant au sérieux.

C'est tellement bizarre cette situation !

Le quotidien des autres détonne profondément par rapport aux redoutables forces d'énergie occupées à me détruire et contre lesquelles je lutte, à peu près seule.

Du dimanche au jeudi suivant, ma fièvre suit les cours du vinaigre, 40°, 38°9, 40°5, 39°2, Patrick vient me voir tous les soirs, tous les deux attendent mais quoi au juste ?

Alors je me décide :

- Dominique, appelle un vrai médecin, je veux un peu de confort moderne avant de mourir.

Cela le fait rire !

Le médecin arrive, lui est carrément affolé, je suis incapable de tenir debout toute seule, il y a longtemps que je ne mange plus, je ne garde plus une gorgée d'eau, j'ai les traits figés de souffrance, les cheveux collés de sueur, les lèvres blanches et toujours 40.

- Vous êtes inconscient ! J'appelle tout de suite les urgences, il faut immédiatement l'hospitaliser.

Aux urgences, trois personnes s'affairent, ma langue enflée indique un seuil critique de déshydratation, je n'arrive plus à parler, il était temps !

- Où avez-vous mal ?

Encore ! Je n'ai pas mal quelque part, je suis ce mal, une boule d'énergie en souffrance. Ils ne comprennent pas. Ils ordonnent des analyses, mettent en place le goutte à goutte, les premiers résultats arrivent : je n'ai rien. Les médecins vont s'acharner, commander d'autres examens, de plus en plus sophistiqués, parce que ce n'est pas possible d'être dans cet état sans quelque chose de sérieux. Au bout de quatre jours, il faut se rendre à l'évidence, tout est parfait, rien ne cloche, même pas un petit manque de fer ou un peu trop de cholestérol.

Les médicaments commencent à faire leur effet, je me détends, ah, la première gorgée de thé !... Il y a tout ce qu'il faut dans la perfusion, cela fait du bien de se sentir bien !

Le médecin chef, dépité - comment il n'y a rien à opérer, à couper, à retirer, même pas un petit kyste, une minuscule infection ? - clôt mon gros dossier par ces mots péremptoires : “A besoin de soutien moral.”

Ils m'ont quand même totalement remise en forme à l'hôpital.

Je retourne voir ma psy et là le langage change :

- Je comprends que vous ayez été si fortement malade, c'est inhumain ce que l'on vous a fait faire, vous avez vidé l'appartement de votre fils et ensuite vous vous êtes desséchée, ce n'est pas pour rien que vous aviez si mal au coeur, c'est l'organe de l'amour.

Je suis surprise, pourquoi certains médecins ne croient pas aux maladies psychosomatiques alors que d'autres, qui ont fait pratiquement les mêmes études, ne voient que celles-là. D'autre part, je n'imagine même pas qui aurait pu ranger l'appartement, y a t-il des gens qui ont d'autres solutions ?

Je me tais parce que j'ai envie d'enchaîner sur autre chose, ma culpabilité :

- Je suis nulle, je n'ai même pas eu le courage de me laisser mourir.

- Si vous vous tuez, vous le tuez une seconde fois.

La violence de cette phrase me laisse bouche bée.

La psy reprend :

- Ce dont je suis sûre, après des années d'expériences, c'est que l'esprit de la personne décédée envahit le vôtre et que cela vous remplit d'une grande force.

Tout à coup, j'ai l'impression que l'on m'interdit d'aller mal.

Tant qu'à exister autant le faire en bonne santé.

Direction mon club de sport pour prendre l'air.

Tous ces gens dehors qui ne savent pas, qui n'ont pas connu Pierre-Arnaud, qui vivent normalement, me semblent appartenir à une autre planète, ou alors c'est moi qui ne suis plus de la leur. Je regarde les humains comme des intra-terrestres et ceux du ciel comme des extra-terrestres, je suis au milieu, ça n'a pas de nom.

Un adolescent dans la rue appelle "maman".

Je pense à ces milliers de femmes dans le monde qui entendent ce mot et ne se rendent pas compte de ce qu'il contient de bonheur. Doucement, les larmes coulent, Boubou, je voudrais tant qu'une fois encore tu me dises "maman".

Comment ai-je pu me laisser absorber auparavant par des angoisses, des absences, des insuffisances, me plaindre des petites difficultés de l'existence alors que j'avais cette joie.

Mon bébé que j'aime, tu m'as volé la moitié de ta vie mais tu m'as donné plus de bonheur que tous les rayons du soleil réunis et plus de lumière que les milliers d'étoiles de l'infini.

Dans le livre qui porte cet affreux terme de "condoléances", tes amis ne parlent que d'elles :

"Tu étais si éblouissant," "Je remercie le ciel de t'avoir rencontré," "Tu m'as appris à aimer la vie".

Au snack du Club, je prends un café, une vague amie, avec qui j'étais partie aux sports d'hiver, m'aborde :

- Tu dois te sentir mal ?
- Oui, en effet.
- Tu dois culpabiliser...

Brutus, tu n'es jamais bien loin.

...Tu l'as trop gâté.

Je me rebiffe :

- Si tous les enfants gâtés avaient un accident de moto !

- Écoute, il a toujours fait le fou, tu n'as jamais rien dit, je me souviens qu'à Avoriaz, il sautait à ski des murs de 3 mètres et tu le contemplais ravie en disant :

- Regardez, c'est moi qui l'ai fait !

C'est vrai, chaque fois qu'il gagnait, je prononçais cette phrase, elle nous faisait rire.

Elle continue, cette drôle d'amie :

- Qu'est-ce que tu vas faire maintenant ?

- Retravailler.

- Tu as décroché, tu n'y arriveras jamais.

J'abandonne mon café, balbutie une excuse, m'enfuis.

Elle a pourtant raison cette merluche de Claudine, je le sais, il suffit que j'égrène le nombre de fois où je n'ai pas suffisamment réagi.

Un jour, j'avais rendez-vous avec lui dans une gare de montagne, là, sur le quai, on m'apprend qu'il y a grève et que plus aucun train ne circule, je suis affolée, comment retrouver P.A. entre son collège de Villars, Avoriaz ou peut-être Paris. Tout à coup je le vois arriver tranquillement dans la gare.

- Mais comment as-tu fait ?

- Je me suis accroché à l'arrière d'un camion.

- Tu es fou, c'est hyper dangereux !

- Mais non ma maman que j'aime, je voulais être à l'heure et d'ailleurs un automobiliste a fait signe au camion qui s'est arrêté tout de suite, le conducteur a eu tellement peur qu'il m'a amené jusqu'ici.

J'ai protesté pour la forme, mais sans doute pas assez.

L'été d'avant - il venait d'avoir quatorze ans - je l'avais bien laissé partir tout seul en Grèce avec son copain Nicolas âgé seulement de 16 ans.

Ils avaient tous les deux passé de formidables vacances, loué des motos, rencontré des filles, trouver des boulots de barmen pour pouvoir continuer leur périple, moi j'étais, comme d'habitude, en admiration.

Je l'étais aussi quand il sautait en élastique avec une fille dans ses bras, je ne voyais rien parce que trop subjuguée par cette infinie confiance qu'il avait dans la vie, à cause d'elle, je l'ai cru insubmersible.

Mes amies rectifient :

- Arrête de culpabiliser, d'accord tu lui as donné toutes les libertés mais autrement il n'aurait pas été aussi heureux.

Pas aussi heureux peut-être, mais vivant.

Françoise, comme d'habitude, fait la part des choses :

Tout le monde à beau me dire de “lâcher prise”, je n’en démords pas, je serais heureuse quand j’aurais la certitude que mon fils est heureux.

En attendant je mets des cierges partout où je passe, d’abord à coté de chez Bianca, dans cet énorme et lugubre édifice de Saint Augustin, puis rue Daru, le sanctuaire russe et petit à petit je découvre de ravissantes chapelles, de secrètes et silencieuses églises, chaque fois que j’en ressors, je me sens mieux, j’ai grandement besoin de clarté.

Après la messe d’anniversaire, je vais voir le Père Dognin :

- Mon fils a eu une éducation religieuse, mais il ne croyait pas, j’ai peur du purgatoire.

- Il avait la lumière du coeur, c’est ce qu’il y a de plus important. Vous savez l’église change à propos du purgatoire et de l’enfer. Nous abandonnons ces notions là pour ne plus penser qu’à l’amour.

- Et la réincarnation ?

- Nous n’y croyons pas, chaque âme est unique, elle s’élève dans le ciel avec la grâce de Dieu et l’aide des saints.

- Mais comment peut-il être heureux en nous voyant souffrir ?

- Votre fils est dans une sphère de lumière que l’on pourrait appeler un pré-infini, à la fin des temps, à la résurrection des morts, il y aura l’infini, une joie sans limite.

Ouf, j'aime mieux çà.

Je me réconcilie petit à petit avec la religion chrétienne. Après tout, on y parle beaucoup d'amour.

Mon enfance dans le Nord a été celle de toutes les petites filles des familles de filatures de coton, catholique et pleine de préjugés. Nous avions cinquante neuf petits cousins germains, deux ou trois oncles prêtres. On nous donnait des déchets d'hosties pour le goûter, sorte de plaquettes pleines de trous ronds, fort bonnes au demeurant. Nous devions tourner la tête lorsque nous passions devant un lycée parce que ce n'était pas un endroit convenable. Nous avancions en tramway et en snow-boots et nos mères étaient plus intéressées par leur "jour" et leurs "oeuvres" que par nous. Il n'existait, dans nos vieilles maisons intimidantes que le devoir, le plaisir était éminemment suspect, avoir de la personnalité, un handicap.

Souvent je lis dans des livres que les enfants attendaient un baiser de leur maman pour s'endormir et que si elle oubliait, c'était pour eux un drame, nous, on n'y songeait même pas.

Il faut du temps pour se remettre de tout cela.

Notre déjeuner d'anniversaire est triste, même s'il y a toujours la même bande des amis de Pierre-Arnaud qui débarque avec de somptueuses fleurs.

Tout semble déplacé. Entre sourire et tristesse rien

ne convient vraiment.

Patrick m'a fait comprendre qu'il ne voulait pas rater un week-end à la campagne. Il a même ajouté qu'il fallait qu'il se protège et ses mots m'ont fait mal, je me sens bien seule.

Quant à Bianca, elle agit bizarrement, comme si de rien n'était, en résumé, si son frère ne l'appelle pas c'est qu'il a perdu son portable et elle s'arrange pour quitter les lieux dès qu'on parle de lui.

Aurélie c'est différent, un monde s'écroule, elle se retrouve dans les décombres et sa mère est trop affectée pour l'en retirer. Le père d'Aurélie est mort dans un accident de voiture quand elle avait 3 ans, la vie s'est alors suspendue et n'a repris son cours qu'à l'arrivée de Pierre-Arnaud qui leur apportait sa gentillesse naturelle et son aptitude à faire de chaque moment un instant de fête. Toutes les deux ne comprennent pas l'opiniâtreté de ce destin.

La mort de Pierre-Arnaud doit avoir un sens. Je vais le trouver.

Nous nous séparons en ayant évoqué, sans conviction, de tendres souvenirs.

Aujourd'hui il fait beau, que ce serait bien, d'être là, avec lui, juste maintenant... P.A. je suis si triste sans toi !

Je pressens que pendant toutes ces années à venir, je ne saurais jamais comment les passer les fêtes de la vie, dans ces moments normalement privilégiés, moi j'aurai mal à crever.

Chacun a son mois difficile dans l'année, quelquefois c'est août parce que la solitude est plus grande, quelquefois octobre à cause des feuilles qui tombent ou novembre qui apporte son difficile cortège de jours trop gris et bien moi c'est décembre, peut-être justement à cause de Noël.

Noël où la famille me manque tellement que pour une fois dans ma vie, j'ai fait une grosse, grosse bêtise.

C'était une sale période : Bianca revenait des États-Unis et flottait anorexique entre deux mondes, en danger de mort me disait le grand spécialiste Affelbaum. Maman développait courageusement sa maladie de Parkinson et pour la soigner je dirigeais une mini entreprise : trois gardes qui se relayaient, une infirmière, des aides, un kinési...

Ma soeur venait de décéder d'un cancer et je savais que mon enfance s'en allait avec elle, il n'y aurait désormais plus personne avec qui je pourrais en discuter.

Gérard faisait une dépression que j'estimais grave et qui surtout le rendait méchant, son agence de pub avait déposé son bilan, comme la mienne (Ah, les ravages de la loi Sapin !). Quant à moi, je m'escrimais dans un nouveau boulot qui me prenait énormément d'énergie parce que je le détestais et bien sûr, il m'incombait d'organiser Noël.

Et soudain, le 23 décembre, je me suis dit “pas une seconde de plus”, c’était d’une telle évidence, que j’avalais immédiatement une vingtaine de Mogadon.

Je ne me souviens plus comment je me suis retrouvée à l’hôpital Saint-Antoine, mais je sais que c’est exactement là où je voulais arriver.

La prochaine fois, me dit le Dr Firavel, téléphonez-moi, ce sera plus simple.

Pierre-Arnaud fut là tout de suite :

- Cela ne va pas de faire des choses pareilles, ma maman que j’aime.

- Bof...

- Bon, je ne pars plus skier et je reviens m’installer chez toi.

- Il n’est pas question que tu annules cette semaine avec tes amis, de toutes les façons je veux dormir tout le temps.

- O.K., dans huit jours je viens te chercher et je mettrai de l’ordre dans ta vie !

Le lendemain, une infirmière ouvre la porte, je vois un immense bouquet de fleurs qui a du mal à passer.

- Wouah !

Derrière le bouquet, il y a un petit fleuriste, tout rouge, je l’entends expliquer à l’infirmière :

- Hier son fils est passé, il m’a demandé *“combien il faut pour un beau bouquet ?”* je lui ai répondu :

“Faut y mettre environ 75 euros.” “Cela ne va pas du tout, c’est ma maman vous comprenez, je vous

laisse 300 euros." "Ah mais j'y arriverai pas " que je lui dis ! *"Vous vous débrouillerez, je compte sur vous".* Alors je suis allé à Rungis ce matin, il est beau hein ?

Magnifique et il est trop sympa ce monsieur qui aime tant bien faire son travail.

En premier, c'est le personnel de service qui vient voir "le bouquet", ensuite j'ai la visite du couloir :

- Cela ne vous dérange pas ? On a entendu que...

Ensuite ce sont les étages, puis presque tout le bâtiment. Je suis devenue la promenade à la mode, j'en profite pour lancer des invitations pour le réveillon :

- On dispose du réfectoire, j'ai la musique, apportez à boire.

Le 31 décembre, j'avais tablé sur une dizaine de personnes, nous sommes trente, puis un peu plus de quarante, la fête démarre, je danse un premier rock, les infirmiers arrivent, ils sont ébahis, ils restent bien volontiers.

C'était ça Boubou, il générait toujours la fête.

Patrick est rentré, je dîne avec lui.

Il a été vraiment formidable pendant cette période, mais comme la plupart des obsessionnels, il a maintenant un besoin urgent de tout remette à sa place :

- Dorothée, j'ai aperçu tes relevés de banque sur ton bureau, tu es en rouge...

Mais non, je suis en noir, en noir partout, surtout

quand il me parle comme ça.

-... Tu dépenses trop, tu donnes de l'argent à Bianca ? Je sais que son frère l'aidait mais toi tu n'en as pas les moyens.

- Rien de tout cela, j'ai juste oublié d'encaisser des chèques, ils sont dans mon portefeuille.

- Depuis deux mois ?

Je prends un air buté, il n'y a pas deux mois, le temps s'est arrêté, je suis toujours sur le parapet, je rétorque d'un ton poli :

- Tu penses que c'est grave à cause des adagios ?

- Des agios, écoute Minouchette, tu oublies ton chéquier au Crédit du Nord alors que ta banque est le Crédit Lyonnais, tu te trompes de code trois fois et tu te fais saisir ta carte bleue, tu perds ta voiture dans Paris et tu ne te rappelles même plus que tu l'as prise, nous devrions peut-être te mettre sous tutelle, je vais en parler à ton frère.

Il faut que je fasse attention, celui-là me ferait bien enfermer, d'ailleurs, il enferme tout ce qui dépasse, les sentiments, les émotions, les effusions... Il ne peut pas comprendre que je n'aie plus de tête parce que le coeur prend toute la place.

- D'autre part, sur ta commode, les fleurs, les photos de Pierre-Arnaud, l'encens que tu fais brûler, les bougies que tu allumes avec les différents parfums, pour le jour, pour le soir, pour le thé, c'est malsain, j'ai cru apercevoir aussi dans ton placard, ses bottes et sa parka, ce n'est pas bien, tu sais.

-Tu as vu comme les fleurs que j'achète s'épanouissent ? Je pense qu'elles s'épanouissent de façon spéciale, tu ne trouves pas ?

Il a l'air consterné.

Cela ne m'inquiète pas. Si Patrick est obsessionnel, je suis hystérique, je le sais depuis que j'ai lu le superbe livre de J.D. Nasio : "l'hystérie ou l'enfant magnifique de la psychanalyse", cette lecture m'a soulagée, enfin j'appartenais à une catégorie ! En outre, j'ai compris que mon admiration devant sa manière de ranger les cases égalait sa fascination pour mon côté hors-norme.

Par exemple, il ouvre le frigo (pas trop longtemps pour ne pas consommer d'électricité) et là, il m'appelle sévèrement :

- Dorothée ?

Qu'est-ce que j'ai encore fait ?

- Il y a cinq fromages dans le réfrigérateur !
- Oui, c'est pour faire un plateau.
- Tu ne trouves pas que c'est beaucoup ?
- Euh, non, j'aime bien les plateaux.
- Décidément Dorothée, tu es incontrôlable.

Sa rigueur me fait rire !

Aujourd'hui, jour de plaisir, je vais à la Fnac Wagram, je suis bien dans cette Fnac, c'est ma T.G.B. (très grande bibliothèque) à moi.

Chaque fois que j'ai besoin d'un renseignement

pour mon boulot, j'y vais, j'ouvre tous les livres, je prends des notes, je recopie des passages entiers, personne ne me dérange. Mieux, les vendeurs donnent l'impression de respecter cette soif de connaissance.

D'ailleurs c'est aussi mon Café des Arts.

Dans mon esprit, la littérature n'est pas nourriture mais boisson. Je m'offre un cognac hors-d'âge que je déguste lentement avec Julien Gracq ou Dostoïevski, un Château-Margaux, breuvage qui reste longtemps en bouche, avec Proust ou Céline, un thé léger, nuage de lait, avec John Irving, Malcolm Lowry ou Salinger, un coca qui pétille et éclabousse au rayon B.D.

Souvent, comme cela coûterait trop cher d'acheter tous les livres dont j'aie envie, j'en choisis un et je le lis avec avidité, genre boulimique, à toute vitesse.

Le seul problème c'est qu'il est fatiguant de rester debout. Certains s'assoient par terre carrément, moi je n'ose pas.

En tout cas, c'est là où j'ai découvert, il y a fort longtemps “la résilience”, ce mot qui caractérise la résistance au choc. Les métaux l'ont d'emblée, nous, non, il faut qu'on la fabrique, moralement j'entends. Avant cinq ans on n'a pas eu le temps, donc tous les chocs que l'on prend petit ne sont pas amortis et restent les plus importants. Ensuite cela dépend de ce que l'on est arrivé à se tricoter.

Cette théorie est surtout intéressante couplée avec

cette autre : la souffrance héritée fait bien plus mal que la sienne, plus facilement éliminable. En clair cela signifie que si, enfant, vous avez souffert de voir vos parents souffrir, vous ne vous débarrasserez jamais de cette impression de mal être.

J'ai beaucoup lu sur la souffrance, mais celle de perdre son enfant est inimaginable, inconcevable, abominable.

Cette fois, j'ai pris un livre de Françoise Giroud :
"On ne peut pas être heureux tout le temps".

A part son talent, Françoise Giroud restera pour moi une énigme. Comment peut-on être suffisamment intelligente pour diriger un magazine de pointe, suffisamment construite pour avoir un ministère de poids et vouloir malgré tout se suicider pour un homme sans doute plus charmeur que charmant.

La fragilité m'a toujours captivée.

Son livre est délicieux, avec cette belle phrase que je retiens:

"Depuis ce jour déjà ancien où Douce m'a abandonnée, je sais que je marche à découvert."

Douce était sa soeur.

Je ressens dans chacune de mes fibres, son expression "marcher à découvert".

Dans un an, dans dix ans, des flèches arriveront de je ne sais où. Sans bouclier je serais transpercée tout de suite. Je me battrai pour tenir debout, comme le taureau dans l'arène enveloppé dans le sang qui coule constamment de son dos couvert de banderilles et je saurai que je n'ai aucune chance.

Pierre-Arnaud était mon ange gardien.

Cette petite phrase en anglais, que j'avais alpaguée lors d'une conversation, me trotte dans la tête :

- If you don't change direction, you will end up...exactly where you are heading : "no where".

Ce qui signifie en gros :- Arrête de dire : "Je ne sais pas où je vais", tu sais très bien où tu vas : Nulle part.

En fait, je suis là pour acheter un livre sur les Ashrams. Cela fait une semaine que je cherche partout. J'ai téléphoné à la Maison du Tourisme de l'Inde mais ils ont eu l'air totalement abasourdis par ma demande. Je suis passée chez "Voyageurs du Monde", qui savent tout de l'Inde sauf ça, le jeune responsable indien m'a même répondu :

- Moi je ne crois pas, donc je ne peux pas vous aider.

C'est étrange, je pensais que tous les Hindous étaient mystiques.

Je trouve enfin le téléphone de l'Office de Tourisme de Bombay.

Avec mon interprétation très limite de leur anglais, j'arrive quand même à comprendre que ma démarche est très personnelle et qu'ils ne peuvent rien pour moi.

Gérard a une copine, Gérard a toujours une copine, qui est allée dans un ashram, je l'invite à déjeuner, elle arrive en pleurs, son gourou a quitté son enveloppe terrestre, elle va vivre dans son souvenir, mais elle ne peut plus m'emmener là-bas.

Je ne suis pas inquiète, à Goa avec Bianca, lors d'un soir aux mille étoiles, un étudiant au long catogan m'avait raconté son admiration pour Aurobindo, le grand maître de Pondichéry. Un autre alors avait marmonné que celui de Pugne, à côté de Bombay, était le seul qui présentait un intérêt.

J'aimerais bien retourner à Goa, c'est un endroit somptueux avec une atmosphère éthérée, des fêtes irréelles les nuits de pleine lune, de longues plages bordées de petits cabanons.

En attendant, les indications qu'ils m'ont données ne sont que de minuscules cailloux sur une longue piste mais au moins il y a un chemin.

J'achète deux livres qui semblent correspondre à ce que je cherche : "Ashrams, grand maître de l'Inde" d'Arnaud Desjardins et "Rendez-vous dans les Himalayas" de Claudia Rainville. Je les rapporte à la maison comme des talismans.

La souffrance change de couleur. Elle passe du rouge vif, celui de l'accident, du sang, du choc, de la violence, aux teintes plus insidieuses, mauve, peut-être vert-de-gris des martèlements qui résonnent, qui raisonnent sans cesse sur ma culpabilité :

Quand me suis-je fourvoyée ?

Si j'avais refusé de divorcer avec le père des enfants, jusqu'à ce que Marion craque et que tout soit rentré dans la normalité, ou si j'étais restée avec Jacques, en acceptant d'être continuellement trompée - ces tromperies sans importance qu'il enchaînait avec n'importe quel petit mannequin de passage - et que nous ayons été happés par le Star-System.

Si j'avais concrétisé mon aventure avec Patrick R., mon copain Président d'un grand Groupe d'alcools et que P.A. se soit infiltré dans la boisson, plutôt que de s'éclater dans la vitesse...

Je crois que là, mon chemin a bifurqué.

J'avais trente ans, deux étranges mariages, il était temps de rentrer dans le rang et de dire oui à ce garçon solide et attachant qui me le demandait si gentiment.

Pourtant j'hésitais à m'engager de nouveau dans le sillage d'un autre, je n'avais plus confiance tout simplement. Je voulais trouver en moi cette sécurité qui me faisait tellement défaut et pour cela me charpenter, me cuirasser, me fortifier.

Je sais aujourd'hui que le mariage, quand il est un bon camp de base, n'empêche pas d'avancer, je m'en veux violemment d'avoir privé les miens de permanence.

Bien sûr, ensuite Gérard est venu, il nous ressemblait avec son côté mai 68 toujours en mouvement et son comportement d'éternel étudiant au credo de Peter Pan : " Il est interdit d'interdire". Pierre-Arnaud et lui s'entendaient très bien, évidemment.

Mais c'était beaucoup plus tard.

Que suis-je en train de payer ? Énormément d'amour et beaucoup trop de liberté ? Pourtant les enfants ont été à chaque instant ma priorité, je suis contente de ne pas les avoir sacrifiés à une carrière qui ne m'a jamais pris la tête, j'ai vécu avec Pierre-Arnaud 29 ans d'un amour exceptionnel, je me remplis de cette force toute puissante : pas une heure que je regrette, pas un mot qui reste en suspens.

Tout entre nous a été plus que parfait.

Yvonne me demande : - Y a t-il une seconde où tu ne penses pas à Pierre-Arnaud ?

- Non.

Il est toujours là. Souvent le souvenir des moments de bonheur m'envahit et m'illumine.

Les enfants adoraient venir à la maison avec leurs amis et raconter sans fin leurs souvenirs de gosses.

Les dîners-couleurs par exemple, rouge : betterave, steaks, haricots rouges, sorbet framboise (et toujours les assiettes en carton, les bougies, les serviettes en papier assortis) ou blanc, poisson, riz, oeufs à la neige, ou encore jaune, maïs, omelette, frites, crème à la vanille.

Pour pouvoir passer à table, ils devaient s'habiller de la couleur du dîner, ils prenaient cela très cérémonieusement.

Ils décrivaient aussi leurs dîners de rimes, c'était en m'écoutant chercher des jingles radio qu'ils avaient intégré la technique et étaient devenus à cinq ans aussi balaises que Racine. Toute la journée ils en cherchaient pour me les réciter le soir et guetter mon admiration :

- La casserole s'envole, elle est folle, pense le bol !

- On est tombé du train, on s'est cassé les mains, on est entrés dans le bois, on s'est cassé les doigts, on a fait du vélo, on s'est abîmé le dos, c'est trop !...

Il y avait également les dîners-drapeaux avec bien sûr, tomates-mozzarella-basilic pour l'italien, les dîners de métaphores : “Tes cheveux ont l'air de spaghettis trop cuits” disait fièrement Pierre-Arnaud à Bianca qui répondait brillamment “Et toi, tu as l'air d'une tâche à la pistache”

On racontait encore nos voyages au Mexique tellement galère, lorsque Pierre-Arnaud évitait de justesse les camions qui nous poussaient sans vergogne dans le fossé et s'efforçait de calmer le jeu avec des flics un peu trop agressifs. La voiture marchait au super, de l'essence rarissime, on faisait du stop pour en trouver.

Ils retraçaient les Grenadines en Mail boat, la Turquie en caïque, la Crète en moto, les États-Unis en antique Thunderbird, ils avaient des rêves pleins les yeux...

Ils finissaient par “la fois” où j'avais pété les plombs :

Pierrre-Arnaud s'était cassé la jambe aux sports

d'hiver et était plâtré des doigts de pieds jusqu'à l'aine. Je l'entourais de mille et une petites attentions, ses amis venaient tous écrire sur son plâtre. Bianca était malade de jalousie, un jour elle décide de se casser aussi la jambe et saute de l'escalier. Elle se casse le bras. Bref, je sors de l'hôpital avec les deux dans la voiture, très énervée, c'est peu de le dire, le retour de la montagne en ambulance m'avait coûté une fortune et je venais d'apprendre que malgé les affirmations des médecins, la sécu ne rembourserait rien.

Au milieu du rond-point Rhin et Danube, un flic me siffle :

- Madame, vous avez les pneus lisses.

Mais qu'est-ce qu'il croit lui ? Que je ne préférerais pas avoir des pneus qui accrochent, un radiateur qui ne fume pas, de vrais amortisseurs, des portes à l'arrière...

- Je vais être obligé de vous verbaliser de...

Et là, il m'annonce une somme énorme et là je deviens hystérique, je sors Pierre-Arnaud tant bien que mal de la voiture, puis Bianca et je hurle :

- Gardez-la cette voiture, je n'en veux plus, mettez-la à la casse et prenez aussi les enfants, eux non plus ne sont pas en bon état, mettez-les à la Dass, voilà, la voiture à la casse, les enfants à la Dass, c'est parfait...

Le flic recule, affolé, un attroupement se fait, les gens questionnent :

- Qu'est-ce qu'elle a votre maman ?

- Elle a les pneus lisses.

Et la rumeur gronde, le flic entend les phrases habituelles:

“Si c’est pas honteux...La pauvre dame...”

Il s’excuse “circulez, madame, je ne savais pas” mais je ne suis plus capable, je pleure trop.

On finira tous au café où un monsieur offre des grenadines aux enfants.

Je crois qu’il n’y a que l’amour que l’on n’a pas donné qui fait mal, celui que l’on a vécu pleinement vous remplit d’une joie et d’une plénitude qui permet peut-être de remonter du fond du puits...

Nous retournons chez le notaire, Giancarlo nous attend, je ne peux pas m’empêcher de bien l’aimer, mon ex-mari avec toutes ses faiblesses sous des dehors d’homme réputé incassable. Bianca est heureuse de retrouver son père, je suis plus que contente du cadeau qu’il nous fait et lui est ravi de nous faire plaisir !

Que l’harmonie dans une famille est une belle récompense.

Véronique m’a invitée à un dîner ce soir, j’aime bien sortir avec Patrick, je le trouve beau mon fiancé, lui est dubitatif, il trouve cela un peu tôt. Comme souvent, il a raison.

Les invités vivent apparemment de petites choses,

abordent avec certitude des sujets sans importance et n'ont que des avis superficiels sur la façon dont tourne le monde. Je ne peux pas être dans cette dimension de mondanité plus hypocrite que légère. Je souffre trop, je n'arrive pas à faire semblant, à revêtir un masque. Il me faut des vérités, de la sensibilité, de l'amitié.

Je rejoins Véronique dans la cuisine :

- Doro, ta souffrance est palpable, je la sens, j'ai mal pour toi, si tu veux partir, je comprendrai.

- Merci, dès le dessert, je m'esquiverai.

Patrick me soutient, il parle vaguement d'un avion qui décolle le lendemain matin très tôt et nous regagnons la voiture où je m'écroule.

- Minouchette, tu es encore si fragile et tu ne veux jamais m'écouter.

Il faut que je m'éloigne. Les gens qui ne savent pas me blessent par une indifférence involontaire, ceux qui savent changent immédiatement de visage quand ils me rencontrent, quittent leur sourire, prennent tout de suite l'air triste, font attention à leur conversation, je ne veux pas être ce poids.

Céline disait dans "Voyage au bout de la nuit" :

"Je n'ai plus assez de musique en moi pour faire danser la vie."

Je ne la ferai plus jamais danser la vie mais il me faut au moins retrouver un peu de lumière pour l'éclairer...

Rendez-vous chez ma psy, je lui fais part de ce besoin de rompre l'enlisement.

Elle est hésitante.

- Cela peut-être dangereux, je serais plus rassurée si vous partiez avec votre fiancé ou une amie pour vous épauler.

Mon fiancé ? A part la Bretagne nord, la Sologne, à la limite l'île d'Yeu, tout est vulgaire. Mes amies ? Elles travaillent, les quelques unes qui ne font rien, pensent que garder leur mari est un boulot à plein temps, très loin des trente-cinq heures.

Qui reste t-il ?

Dominique, comme d'habitude.

Je lui annonce :

- On part en Inde.

- D'accord, quand ?

- A la fin du mois.

- Très bien.

Il est vraiment facile à vivre celui là, je me demande pourquoi il ne s'est jamais marié.

Je continue à vomir, ma vie, ma souffrance, mon manque, même si au fond, malgré tout, se profile une lueur : je me sens “importante”, une sensation que je n'ai jamais eue, je suis forcément importante puisque je suis la mère de Pierre-Arnaud, j'ai même une importance considérable.

Alors que je n'ai jamais eu d'ego, je ressens tout à coup du respect pour moi, ça doit venir du ciel !

Je ne laisserai plus jamais personne me maltraiter,

ni un amant, ni un patron, ni une amie.

Quand la lave sera figée, je serais un roc, avec peut-être des fissures, de l'herbe tendre qui poussera dans les cavités, mais le fond sera solide.

Il fait beau aujourd'hui, premier soleil sans mon bébé, il aurait été tellement heureux d'une journée comme celle-là pour tout simplement aller promener Kissa et partager ensemble les premières saveurs du temps.

Déjeuner avec Véro, du haut de ses dix ans de psychanalyse elle me fascine, elle juge tout de façon analytique, par exemple si une de nos amies raconte :

- Mon bonhomme n'a pas voulu que...

Elle ne demandera pas :

Qui porte la culotte chez toi ?

Elle dira :

- Qui a le Phallus ?

Bon, évidemment elle veut savoir, décortiquer, apprécier, aviser, mais c'est ça l'intérêt.

- Raconte Patrick, où tu en es ?

- Je suis amoureuse comme une corde accrochée à un bloc de granit.

- Pourquoi une corde ?

- Parce qu'une corde se frotte, s'effrite, s'épuise, s'amenuise, se désagrège contre le rocher mais elle n'a pas vraiment de solution, le rocher est sa raison d'être.

- Pourquoi un rocher !

- Patrick ne veut pas bouger, j'ai cru au début qu'il allait s'adoucir, se vallonner, se diversifier, mais c'est impossible, tu as lu “Le Singe Nu” de Desmond Morris ?

- Non, ça me dit quelque chose.

- C'est une jolie histoire, un peu longue, je te la raconterai un jour.

- Doro !

Décidément je suis la T.G.B. de mes copines.

“Au début, il y a des millions d'années, les singes habitaient une grande forêt, la vie était facile, des bananes et tout ce qu'il fallait pour se nourrir à proximité, des arbres pour se protéger. Mais petit à petit, sous les influences climatiques, la forêt s'est rétrécie et la nourriture a commencé à diminuer, bientôt il n'y en aura plus assez pour tout le monde et la question se pose, pressante, oppressante : que faire ? Certains singes proposent alors courageusement de partir.

Le clan se divise en deux groupes, les singes territoriaux et les explorateurs.

Hors de la forêt, ces derniers doivent, pour se nourrir, entrer en compétition avec les grands fauves qui courent beaucoup plus vite qu'eux ou avec les dinosaures qui leur prennent les fruits bien avant qu'ils ne montent à l'arbre.

Affamés, ils se dirigent vers la mer, là où il y a moins de concurrence, pour essayer d'attraper des poissons. C'est comme çà, en apprenant à nager, qu'ils se sont effilés, sont devenus plus sveltes et ont commencé une nouvelle évolution.

Tu me diras, les planqués, les territoriaux ont bien de la chance et bien justement non. Bien sûr, ils connaissent chaque parcelle de leur territoire, ils ont de la nourriture à volonté, mais ils sont conscients qu'en cas de changement, ils mourront car ils sont incapables de s'adapter.

En revanche ceux qui sont partis savent que quoi qu'il arrive - même s'ils ont à affronter de multiples dangers et que la survie est difficile - ils s'en sortiront parce que tous leurs sens sont en éveil."

L'homme obsessionnel est pareil aux singes de la forêt, prisonnier des barreaux qu'il s'est fixé mentalement. Par ennui ou par tension, il développe, semblable en cela aux ours qui tournent continuellement dans leur cage, des Tic et des T.o.c. (troubles obsessionnels compulsifs), répète cent fois les mêmes gestes, invente des rites : se brosser les dents quinze minutes d'affilée, siffloter nerveusement ou se frotter le cuir chevelu toujours au même endroit.

Le changement pour eux, c'est la mort, alors que pour les explorateurs, c'est la vie.

- C'est une belle histoire.
- Oui, je suis contente de la vivre !

Dominique me surprendra toujours. Il a découvert chez Quantas, un billet tour du monde à mille euros. Trois escales sont gratuites, les autres ne coûtent que quatre-vingt euros chacune.

Il a déjà organisé son périple : Paris-Bombay (direction l'Ashram) - Singapour (parce qu'il a des amis à Kuala) - Sydney (arrêt chez un copain sculpteur) - Papeete (un vieux rêve de navigateur) - Los Angeles (pour cousine Hélène) - Montréal (là où habite une de ses anciennes petites amies qui d'après moi s'est tirée à cause de lui) et enfin Paris.

Je proteste :

- Attends, je voulais juste passer un mois dans un Ashram, je ne suis pas assez forte pour quoi que ce soit d'autre.

- Tu vas t'ennuyer au bout de huit jours et puis c'est prévu, on y passera dans ton ashram.

- Dominique, il n'y a qu'une chose qui m'intéresse, ce sont les réponses à mes deux questions : où est Pierre-Arnaud et quel est mon chemin désormais.

- Écoute, avec ces billets, tout est open, il faut choisir des dates pour booker, mais après on peut changer, dans la mesure où il reste des places disponibles.

- Bon je réfléchis, mais a priori je ne le sens pas ton truc. A part peut-être Los Angeles, parce que ce n'est pas loin de Santa Fé, le lieu mythique et mystique des Indiens et que, là aussi, j'aurais peut-être mes réponses...

Mon grand-père avait l'habitude de demander quand on lui réclamait, pour monter à cheval par exemple, une bombe, des cours et une cravache : “Est-ce indispensable, nécessaire, ou simplement utile”.

Bien sûr, il élevait 13 enfants, dont mon père, et dans ces grandes familles, la vie était une chose éminemment sérieuse.

Il était d’abord Chevalier de Saint-Grégoire, Tertiaire de Saint-François d’Assise avant d’être Président d’un nombre considérable de Comités ou de Syndicats et bien avant d’être un papa.

Mais je ne peux pas m’empêcher de raisonner comme on me l’a appris : dans quelle catégorie se range mon voyage ?

Françoise passe me voir :

- Tu as quand même de la chance d’avoir un ami comme Dominique.

- C’est lui qui a de la chance, il n’a jamais fait que travailler et appartenir à sa boite corps et âme, quand il voyageait, c’était avec son comité d’entreprise, je vais lui montrer comment on “trace”. Et puis de toute façon, qu’a-t-il de mieux à faire, pour l’instant, dans la vie ?

- Tu es dure.

C’est vrai, je ne sais pas pourquoi mais ça me défoule, j’ai tout faux comme amie, dirait Dale Carnegie !

- C’est bizarre, me dit ma psy, cette impression que vous avez toujours d’avoir tout faux.

- Oui, toujours... Sauf quand j'utilise ma carte bleue, je tape mon code et la machine imprime “code bon” alors là, une espèce de soulagement m'envahit, je ressens une satisfaction intense, ouah c'est marqué, j'ai quelque chose de bon ! J'aime tellement ce moment-là que je rêve de faire marcher ma carte bleue toute la journée.

Ma psy reprend étonnée :

- Mais vous avez réussi tant de choses...

Je me demande bien quoi, les psy ne font vraiment pas beaucoup d'efforts pour comprendre !

- Quand Pierre-Arnaud arrivait, raconte Françoise, tu disais “ Ah mon boubou”, comme si on t'offrait un verre d'eau dans le désert, tu t'illuminais intégralement, c'est ce souvenir que je garde de vous, toi irradiée et lui si tendre. D'ailleurs tu aurais pu en faire un homosexuel.

- Oui, et alors ?

Patrick est parti à la campagne avec Flamine, j'ai compris qu'il avait envie de se retrouver un peu seul avec sa meilleure amie, de toutes les façons il ne m'a pas proposé de venir. J'aime bien Flamine, elle a un côté girl-scout, c'est une fille directe, genre bonne copine, elle va lui faire du bien.

J'ai du temps pour lire mes livres. Celui de

Desjardins un peu désuet, naïf et très intéressant. Je retiens deux ashrams dans ceux qu'il cite, celui de Pondichéry (encore) et celui de Rishikech. Comme je ne connais pas grand chose à la vie là-bas, autant choisir des régions qui me plaisent.

Les Grands Comptoirs Français m'ont toujours fascinée, j'ai même écrit un article un jour sur les mariages insolites, ou comment se marier à Pondichéry dans un chariot de lumière au milieu des pétales de roses, de l'encens et du jasmin.

Quant à Rishikesh, c'est une "Holy City" située aux sources du Gange, dans les contreforts de l'Himalaya et je suis sûre que la grandeur du "Séjour des Neiges" (traduction littérale) rejaillira sur ma petite personne.

Je pense donc aller, dans l'un des deux, en repérage avec Dominique et y retourner toute seule ensuite, quand je serais un peu plus d'aplomb.

Le livre de Claudia Rainville est un bon complément. Au début, j'ai du mal à entrer dans l'histoire, mais ensuite je me cramponne à ses recherches, son voyage en Inde est une mine de renseignements passionnants.

Sa description de l'Ashram de Sathya Narayana Saï Baba à Puttaparthi m'émerveille et me désole. Dormir sur un genre de parking et faire la queue au milieu de 4.000 personnes, qui attendent en file indienne pour voir le Maître, est pour l'instant, une épreuve au-dessus de mes forces.

Je commence à comprendre qu'il existe toutes sortes d'Ashrams.

Ceux avec un "Dieu" vivant, très contraignants d'accès. Les autres avec des Grands Maîtres, appelés Gourous, qu'il faut d'abord connaître pour ensuite être recommandés ou même parrainés et enfin, les derniers, qui vivent dans l'aura et le souvenir d'un Dieu disparu, ceux-là sont complètement "open".

Je suis un peu perplexe.

Soirée avec Patrick. Il revient de la campagne, tout réjoui :

- J'ai passé un excellent week-end, Flamine avait amené une de ses amies, Marie-Liesse, c'était très détendu.

- Je la connais Marie-Liesse, elle est toujours aussi jolie ?

- Plutôt moins, elle a pris un ou deux kilos. Mais ce qui m'a surpris c'est que toutes les deux n'arrêtaient pas de rire, tu ne peux pas savoir ce que cela m'a fait du bien d'entendre des éclats de rire. A un moment je suis allé faire une petite sieste et elles ont joué au Scrabble dans la bibliothèque, elles riaient tellement qu'elles m'ont réveillé, tu te rends compte !

Oui, je vais vomir.

Nicolas vient dîner avec Véro, j'aime bien qu'il soit mon copain, il est rédacteur en chef d'un grand journal et j'aime bien qu'il le soit.

- Je vous ai fait un superbe bar de ligne aux algues, ça va vous redonner un petit coup de phosphore.

Avec sa déformation de journaliste, Nicolas pose sans arrêt des questions, même quand il connaît la réponse.

- C'est quoi, un bar de ligne ?

- Pour moi, le bar de ligne est un problème d'éthique. Les poissons d'élevage sont enfermés dans des bassins trop petits où ils tournent comme des poissons rouges. Évidemment ils sont stressés et tombent malades. Pour les soigner on leur donne des antibiotiques périmés parce que c'est moins cher. Je ne veux pas être complice, donc je prends la pêche de "petits bateaux".

Mon fiancé reprend ironique :

- Qui coûte deux fois plus cher.

- Oui, c'est ma manière infinitésimale de participer à la défense de l'environnement, je n'achète que des poulets qui ont couru et des oeufs de poules élevées en liberté. J'adore les produits qui ont de l'esprit, du caractère, une histoire : la fleur de sel de Guérande, la préférée d'Anne de Bretagne, les premières sardines de saison pêchées au large de la Cornouaille, les spaghettis à l'eau de source de Vénéria, le miel de trèfle, l'angélique confite qui nous vient des Chevaliers de Saint...

Et là, il éclate :

- Dorothée, tu es une enfant gâtée et tu es

vie mais décidément nos goûts, nos tempéraments, nos cultures, nos caractères sont tellement différents que je ne vois aucune issue solide et durable à notre relation. Je préfère rompre des fiançailles qui, j'en suis persuadé aujourd'hui, ne mèneront pas à un mariage. Or, nous n'avons ni l'un ni l'autre de temps à perdre. Garde la bague que je t'ai offerte ou jette là, elle est ta propriété. Je t'embrasse."

Je sais que j'ai toutes les cartes en main et que je peux le retrouver, mais je n'ai plus la force d'essayer de lui construire un bonheur qui ne l'intéresse pas.

Quant à lui, il est beaucoup trop orgueilleux pour faire le premier pas. Il préférera serrer les dents et laisser passer le temps. Et bien, qu'il les serre, les dents !

De toutes les façons je veux vivre avec Pierre-Arnaud, me faire une bulle où n'entrent que des gens qu'il aimait et il restait très méfiant à l'égard de Patrick.

Je suis donc libre et je m'écroule.

Véronique accourt :

- Doro, comment peux-tu encore pleurer comme ça, après ce qui est arrivé de tellement plus grave.

- Tu ne comprends pas, là j'ai mal, très mal, c'est comme des coliques néphrétiques, horrible, indécent, convulsif, avec la même sensation d'abandon que quand j'étais bébé et qu'on ne m'apportait pas mon biberon. Tu sais, je buvais gloutonnement en m'étranglant et au milieu du biberon, je n'avais plus soif. Une heure après la faim me tenaillait de nouveau, je hurlais, mais la nounou passait devant moi en m'ignorant et en soupirant “quel enfant insupportable”, en fait elle n'en avait rien à foutre et moi j'étais terrifiée à l'idée de mourir ! Enfin j'imagine que c'est un peu comme ça que m'est venue cette impression d'abandon qui ne me quitte pas.

- Mais Dorothée, tu as grandi !

- Suffisamment pour t'expliquer : le manque de Pierre-Arnaud, ce n'est pas du tout, mais pas du tout le même plan, c'est comme un cancer, ça va durer des années, j'aurai des rémissions, mais je n'en guérirai jamais et je finirai bien par en mourir, tu comprends ? Tu ne peux pas vouloir comparer une colite à un cancer ? Pour l'instant j'ai les deux.

- Oublie tout çà, tu as juste pris la bonne décision.

Aurélie me téléphone tous les jours, j'adore cette fille, elle est tellement positive, elle a décidé de réussir ses examens pour que Pierre-Arnaud au ciel soit fier d'elle.

Nous échangeons constamment nos souvenirs avec toujours la même intensité et le même plaisir. Elle ne réagit pas du tout comme moi qui suis entrée dans un monde de rêve, je sais qu'elle n'arrête pas de téléphoner au commissaire pour avoir le procès-verbal et éventuellement l'engueuler, à Accro-Moto pour faire examiner la moto, au médecin, le Dr Jourlain qui lui, a une patience infinie, à Laurent pour recouper ses infos, à tout le monde pour rechercher la parka rouge - la préférée de Pierre-Arnaud - qui a disparu, à la municipalité pour accuser le parapet : “ Combien de blessés et de morts vous faut-il pour le supprimer ?”

Elle veut comprendre et ne s’épargne aucun détail.

- Garde bien tout en mémoire, soupirais-je, plus tard peut-être que je voudrais savoir.

Je réponds toujours à “mes” lettres, il doit bien y en avoir une centaine, elles sont superbes, je les savoure comme autant de cadeaux.

Comment tous ces amis peuvent-ils trouver des mots aussi beaux et aussi justes ? En fait les gens ont beaucoup plus de sensibilité qu’on ne le pense.

Enfin certains.

Le téléphone sonne :

- Allô, ici la secrétaire du Dr Toubassi.

- Oui ?

Je connais Bernard Toubassi, Pierre-Arnaud jouait souvent au golf avec lui et en profitait pour flirter avec sa fille Emilie.

- Votre fils a eu un accident de moto, c’est çà ?

J’ai l’impression de prendre un coup de poing.

- Je...je ne comprends pas.

- Le docteur me demande de me renseigner pour savoir si c’est vrai qu’il est mort, il est bien mort ?

Je coupe le téléphone, avec horreur.

Mes négociations avec Dominique avancent pas à pas. Il ne veut pas aborder tout de suite l'ashram, il a peur que ce soit trop dur, je lui propose de commencer par le Rajasthan.

- C'est quoi le Rajasthan ?

- C'est très bien pour toi.

- Mais à propos, puisque tu n'es plus fiancée, on peut partir plus longtemps ?

- Ah oui ! avec quel argent ?

Lui est impatient de dépenser le gros chèque qu'il a touché en quittant sa société. Moi je vis sur des réserves lilliputiennes.

Bianca trouve la solution comme d'habitude :

- Passe une annonce dans F.U.S.A.C. et loue ton appartement à un cadre étranger, tu verras, c'est hyper facile.

Le “France U.S.A. Contacts” est une mine d'or. Non seulement j'ai le choix entre cinq ou six dossiers mais on me propose une petite fortune, un seul problème : les demandes sont pour une période minimum de trois mois.

J'irais donc squatter le reste du temps chez Dominique, Sophie ou Françoise.

Cela me fait bizarre d'être à la fois S.D.F (tout le monde connaît) S.F.F (sans fiancé fixe) et S.J.F. (sans job fixe).

Peut être que Patrick avait “un peu” raison.

Du coup, je téléphone à Jacques, il s'occupe de

tellement de gens qu'il peut bien me donner ce qu'en général on ne fait que prêter : de l'attention.

- Heu, je voudrais un boulot.

- D'accord, viens me voir quand tu rentres.

De l'argent, du temps, le voyage devient intéressant et complètement différent.

Voyageurs du Monde nous réserve le tout avec une patience méticuleuse.

Nous ferons :

- Paris - Bombay : 10 jours de Rajasthan avant mon Ashram et puisque nous avons opté pour l'Inde du nord, ce sera, c'est décidé, celui de Richikesh.

- Bombay - Sydney : pour plonger dans la grande barrière de corail.

- Sydney - Kuala afin d'explorer le détroit de Malacca et les îles de la Mer de Chine.

Je ne peux pas m'empêcher de paniquer, je dis à Dominique que je n'y arriverai jamais. L'hôpital est encore si proche !

On me prend toutes les assurances de rapatriement qui existent sur le marché, je ne suis quand même pas rassurée.

L'intérêt est que cela m'occupe.

L'agence me dit : - Mettez de côté tout ce que vous aimez - Je condamne donc une armoire sur les quatre qui existent (bravo P.A.) que j'emplis de mes meilleurs souvenirs.

Pour me changer les idées, je lis les guides de Lonely Planet et je m'organise. Mon courrier ira chez mon frère qui "n'est pas très concerné" dirait Patrick, mais quand même. Je fais un transfert d'appel de mon téléphone et j'ouvre une autre ligne pour le locataire.

Nous partons le 29 mars, je suis toujours avec mon fils sur le parapet. Il paraît que cela fait 3 mois.

Tant de choses à faire encore. Voir une des voyantes qui m'avait prédit l'accident ? Ce n'est pas à ce niveau là que j'ai envie de discuter.

Abraham disait :

"*Si tu sors de l'influence des étoiles, ta vie t'appartient.*"

Qui peut me renseigner sur le destin et sur notre part de décision tout au long du chemin ?

Je vais acheter les livres que l'on m'a conseillés :

"La mort est un nouveau soleil" d' Élisabeth Kubler Ross, "La source du bonheur" de Christian Boiron, "Paroles de Lumière," de Christophe. Je me prends des breuvages classiques, "le Livre de saphir" de Sinoué pour tuer le temps, Maugham, Bowles, Matthiessen parce que je n'ai jamais pris le temps, Muriel Cerf suivie de Shakti Gawain pour l'avion et plein d'autres encore par peur de manquer.

Ma psy déclare que puisque j'exprime le désir de

bouger, elle va me donner une béquille, je ne peux pas voyager à cloche-âme, il faut mettre un genre de pare-brise entre ma souffrance et moi.

Nous optons pour un demi Deroxat par jour. Pourquoi pas du Prozac ? Parce que le Prozac excite alors que le Deroxat apaise.

En effet, ça apaise ! Les premiers jours, je ne fais que dormir, plus ou moins incapable d'ouvrir les deux yeux en même temps, ma psy est satisfaite, je récupère dit-elle.

En tout cas je ne récupère pas de kilos, j'en ai déjà perdu huit et même si je m'alimente, je ne me nourris toujours pas. Mon corps est celui d'une jeune fille qui n'a jamais porté d'enfants. Il y a des gens qui font le contraire et s'emplissent de nourriture pour essayer de compenser le vide.

Il faut 7 à 14 jours pour que l'anti dépresseur fasse son effet, je sens petit à petit un couvercle se poser sur le volcan, même si souvent la souffrance se bat, s'échappe et quelquefois soulève le couvercle comme le ferait de la vapeur brûlante. La douleur est alors d'autant plus surprenante que l'on s'habitue vite aux accalmies bienfaisantes.

Je vais téléphoner au Maître de Reïki, on me l'a conseillé, il est paraît-il formidable et puis comme çà, les petits rats vont peut-être me laisser en paix cinq minutes.

Tout de suite, j'ai une bonne impression, je sens que je vais recevoir un cadeau, sa voix comprend :

- La douleur est encore trop proche, mais vous savez, ce sont les âmes importantes qui s'en vont en premier. Votre fils va se libérer dans la lumière et vous remplir de sa force. C'est le mariage eucharistique. Par sa mort il va vous montrer la vie et vous allez vous sentir guidée dans une réalisation personnelle, c'est la seule voie possible si vous ne voulez pas que son décès soit inutile.

Je vous envoie une méthode de travail, lisez-la et rappelez-moi après.

Pour l'instant je me sens comme un petit filet d'eau au fond d'une baignoire, qui tournoie avant d'être violemment aspiré par un grand siphon. Dans mes cauchemars, je suis accrochée au bord d'un précipice qui n'a pas de fond.

Sans air-bag, j'ai l'impression de prendre indéfiniment le même choc.

Nous partons dans quatre jours.

Je trouve tout injuste et tout laid, en vrac, ma vie, le ciel qui avec ses gros nuages ressemble à du coton à démaquiller de mauvaise qualité, les gens qui sont forcément faux. Voilà, tout est faux et j'ai tout faux.

Ces trente ans à vivre me semblent un long chemin de croix, l'amertume m'empoisonne.

Bianca se promène sans s'en rendre compte le long d'un gouffre, Stéphane et moi restons à ses côtés, très proches, pour l'empêcher de tomber. Elle ne communique toujours pas.

Elle va me manquer ma fille et sa drôle de personnalité.

C'est avec une infinie lassitude que je boucle tout.

L'agence vient prendre les clés, j'ai laissé des fleurs et du Nescafé. L'appartement est très beau, le jeune homme très content.

Il est temps de décoller.

J'irai te chercher

L'avion est comme un cocon pour moi, je l'ai tellement pris avec Giancarlo pour l'Italie, avec Jacques afin de tenter de le suivre, avec Gérard pour m'occuper de cette agence qu'il avait eu l'idée saugrenue d'installer au Gabon, que je m'y sens chez moi, j'emporte même de la couture et tout en regardant les films se succéder sur les écrans, je m'applique à ourler.

Dominique me couve continuellement de bonnes intentions et de petites attentions, peut-être justement parce qu'il n'est pas capable d'en concevoir de "grandes" comme le mariage ou le partage. En tout cas, je les trouve délicieusement agréables, d'autant que j'en ai été complètement sevrée par Patrick.

Aujourd'hui je ne suis pas loin de penser que le bonheur commence par là.

Nous arrivons à Bombay à minuit.

Dès la descente des premières marches qui me conduisent sur le sol indien, je ressens les odeurs, la moiteur, la douceur d'être sur ce continent qui va me parler de mon fils.

Une demi-heure plus tard, bêtement figés devant le tapis vide, nous apprenons que les bagages sont restés, comme d'habitude, plantés à Heathrow.

Nous n'avons aucun rendez-vous, c'est donc complètement zen que nous accueillons la nouvelle. Lorsque j'observe la fatigue et l'irritation des autres passagers, je me rends compte à quel point, je suis hors du temps.

Dominique choisit dans l'expectative l'hôtel Orchid, il souhaite une piscine afin de se reposer et celle de cet hôtel semble fort belle. Il a mis les choses au point, d'accord pour être routard mais pas trop, quand il optera pour le luxe, c'est lui qui assumera les frais. Je suis ravie de cet arrangement à condition que, par éthique, cela reste une exception.

Le matin, les rayons déjà brûlants du soleil affleurent ma peau, je m'installe façon lézard à l'ombre et laisse la tranquillité me gagner, une douce chaleur m'envahit, l'humidité de l'air irrigue chacune de mes cellules desséchées par la tristesse.

C'est tellement inattendu cette impression de calme qui me pénètre progressivement que je me concentre étonnée, sur cette nouvelle quiétude.

Serait-ce si facile ? Est-ce l'antidépresseur ? Je sens un apaisement qui ressemble au silence du temps après la tempête.

Dominique s'occupe des bagages, visite Bombay,

vient me raconter ses premières impressions de touriste, me laisse dormir, heureux de me voir me détendre.

Le soir, à la lueur des chandelles, pendant le savoureux dîner indien sur cette splendide terrasse, j'ai un premier sentiment de bien-être précieux.

Nous prenons enfin l'avion pour le Radjasthan, mais j'y tiens et je le précise, le reste du voyage se fera en car ou en train.

Ravissante Udaïpur, blottie entre les collines et les lacs.

Je retrouve tout ce que j'aime, les ruelles étroites, les palais baroques, les rickshaws, les flâneries le long des Ghâts, les petits restos végétariens à l'ombre des somptueux palaces et de leur impeccable service rituel à l'anglaise.

Au Lake Pichola Hotel, notre chambre donne sur mille et une merveilles, je deviens princesse de harem.

Je tente de négocier avec Dominique :

- Voilà, tu as vu le Rajasthan, partons tout de suite à Rishikesh, Jodhpur n'est pas sur la route...

Mais non, il ne veut pas, il a une soif incroyable de voir, évidemment après avoir été conservé trente-sept ans dans une boite !

Je cède à condition que l'on s'arrête à Ranakpur,

au temple d'Adinath parce que c'est un sanctuaire Jaïn et que cette religion réjouit mon âme.

Les Jaïns ont comme première règle de ne tuer aucun être vivant. Ils sont, bien entendu, strictement végétariens mais ils ont en plus, un respect très spécifique pour toutes les bestioles, même les plus minuscules.

Donc à partir de six heures du soir, ils placent un foulard devant leur bouche par peur d'avaler un moucheron. Quand ils marchent dans la rue, ils balaient devant eux de façon cadencée afin de ne pas assassiner une fourmi ou toute autre petite bête rampante et forcément ils ne prennent jamais de voiture ou de bus, ces véhicules-assassins d'insectes.

Je ne suis pas loin de ressentir la même compassion pour tout ce qui respire sur cette terre et comme à ces règles, s'ajoute l'interdiction de mentir ou de tromper, c'est une religion que je trouve agréablement reposante.

"Mon" temple Jaïn est une merveille et sa visite un instant précieux durant lequel je me recueille en essayant de me remplir des forces de la nature.

J'ai bien fait d'insister.

Nous arrivons le soir à Jodhpur avec l'impression que nous sommes partis depuis des semaines.

Je m'étonne à chaque seconde d'être si légère.

Le lendemain, avec l'orage qui couvre brutalement

la ville, ma déprime se ranime, ma mauvaise humeur pointe au travers d'un découragement nauséeux.

Je n'en ai rien à foutre de visiter la fabuleuse forteresse de grès rouge "d'une majesté sans égale", rien à cirer de la couleur bleu-lavande des maisons lavées par la pluie, des échoppes, des éléphants, des villages vishnoï, je veux mes réponses.

Comment puis-je me retrouver si loin de mon Ashram avec Dominique qui joue naïvement au touriste de base, banane autour de la taille, camescope au poing.

- Arrête de piaffer, on y va à ton Ashram, apprends la patience, ça te fera du bien !

Il se marre mon meilleur copain, il développe à mon égard une vraie tendresse, il est parfaitement heureux de vivre 24h sur 24 avec moi et le voir si gai me réconforte carrément.

Aujourd'hui, il faut que je règle un problème, je suis partie sans traveller's en emportant juste un peu de liquide, je dois absolument passer à la banque retirer de l'argent avec ma carte bleue.

Une seule paraît-il l'accepte, la Punjab National Bank que nous découvrons dans une petite rue tortueuse et sale.

Alors là, c'est le moyen-âge.

Au fond d'un escalier et de responsable en responsable, on accède enfin à un énorme Hindou au ventre proéminent qui retourne ma carte bleue dans tous les sens avec un regard torve :

- It is not a real Visa Card.

J'explose :

- It is not a real bank what do you mean ! Qu'est-ce qu'elle a ma carte ?

- It is not a real Visa Card.

J'ai besoin qu'on me donne de l'argent, je vais faire un esclandre. Dominique examine ma carte et me dit :

- Il a raison, tu as une carte française.

- Je sais et alors ?

- Et bien, elle ne marche que sur le territoire français.

- Quoi !?

- Non mais franchement, qu'est-ce qu'ils t'ont appris tes maris ! Viens, on sort...

J'essaie de le faire dignement mais je suis horrifiée. Si Dominique n'était pas là, je serais complètement perdue.

Et moi qui joue les indépendantes, je n'arrive pas à le croire, comment puis-je être aussi paumée ?

Je me souviens qu'une fois, j'avais pensé exactement la même chose, comme ça tout haut, devant Pierre-Arnaud qui avait alors diagnostiqué tranquillement :

- Ne t'inquiète pas maman, tu es une paumée haut de gamme !

Et dire que je faisais tout pour qu'il soit en admiration...

Pourquoi ma banque ne m'a-t-elle pas expliqué

qu'il existait des cartes bleues et des cartes bleues "visa" ?

Ils sont inconscients ces gens-là. Après tout ça fait partie de leur métier de réfléchir, je leur en veux terriblement !

Dominique va me prêter de l'argent, mais c'est vraiment gênant.

Du coup, je reprends sévèrement en main les dépenses du voyage et décide de quitter Jodhpur direction Jaipur en train "2ème classe" avec A.C. (air conditionné).

Sur le quai, les pauvres porteurs me font pitié, ils sont trop frêles pour leurs énormes charges, d'accord, au moins ils ont du travail mais j'aimerais leur offrir un peu plus qu'un sourire, un peu de confort.

Le train est très agréable, même si la foule pullule étant donné que c'est la manière préférée de voyager des Hindous.

Et voilà enfin Jaïpur.

Encore Agra, Delhi et je serai à Richikesh.

En attendant je regarde partout, on ne sait jamais, peut-être que dans la rue un Sadhu (sage) ou un Rishi (voyant) va m'aborder pour me parler de Pierre-Arnaud.

J'ai toujours cru au merveilleux et aux miracles même si je ne suis pas étonnée qu'ils n'arrivent jamais.

La capitale du Rajasthan est rose, on visite comme d'habitude, le City Palace et la Forteresse mais cette fois au pas de course parce que j'explique à Dominique, qui a une fâcheuse propension à toujours me faire confiance, qu'il y a un bus qui part pour Agra ce soir et qu'on sera forcément mieux là-bas.

Heureusement que nous nous sommes délestés à l'Hôtel Orchid des bagages pour l'Australie. Je ne me voyais pas arriver dans l'Ashram avec le sac de golf et les blazers qu'il avait absolument tenu à emporter.

- Profite du moment présent, arrête de ne penser qu'à ton Ashram, répond-il à un de mes soupirs.

- C'est comme si tu me demandais d'arrêter de respirer !

Le car contient un mélange d'Hindous et de jeunes routards. Ceux-ci affichent cet air particulier qui signifie : chacun son voyage, on ne fait pas vraiment la gueule, on vous montre seulement qu'on ne désire pas communiquer.

A l'arrivée à Agra, tard dans la nuit, il y a tellement de Rickshaws qui attendent qu'on pressent tout de suite à quel point la ville est touristique.

Ils se battent pour s'approprier un étranger avec l'espoir de le garder pendant la durée de son séjour.

Nous, on connaît par coeur leurs combines. On sait qu'ils touchent une commission chaque fois que l'on entre dans les magasins devant lesquels ils nous déposent sciemment “par hasard” et un pourcentage sur tout ce que l’on achète.

On sait aussi qu’ils sont rémunérés par certains hôtels et qu’ils insistent pour nous y déposer, ça ne dérange pas Dominique qui hausse le ton pour arriver à celui qu’il a choisi.

C’est bien, il apprend vite !

En tout cas, le Taj est une merveille de pureté, d’élégance et d’amour, ce qui me rapproche par la pensée de...

Je n’ose même plus le dire !

Le soir, nous cherchons vainement des billets de train, tout est complet, il y a toujours la solution de voyager en 3ème classe, dans les wagons communaux, là où il n’y a pas de réservation.

Je prends d’autorité les tickets, sans un regard pour Dominique, bouche bée devant ma détermination à avancer.

Bondé est un mot faible pour l’endroit où nous nous installons et encore je suis privilégiée, je partage la place d’une hindoue, une fesse sur le siège, l’autre sur mon sac. L’atmosphère est hyper conviviale, nous sommes les seuls étrangers et ça les fait glousser sans arrêt, ils doivent nous trouver gauches, la promiscuité étant pour eux normale et satisfaisante.

Dominique les filme au camescope et leur montre les images, du coup c’est du délire. On partage les vivres, les rires, les hommes ont de l'humour, les femmes de la grâce.

R.A.S. à Delhi sauf que je me conduis comme un cheval qui sent l'écurie et ne maîtrise plus son envie de galoper.

Avant de partir, Dominique s'empoigne avec une agence pourrie et un mec qui lui a vendu des faux billets de première classe, il récupère l'argent à force de menaces et décide qu'il en a marre de mes galères.

C'est en voiture particulière avec chauffeur que nous arrivons enfin.

Richikesh s'étale paresseusement, au bord des premiers contreforts de l'Himalaya, le long d'un Gange encore fiévreux, large, épais, généreux comme ses bénédictions.

Deux imposants ponts suspendus relient la rive droite accrochée aux flancs de la montagne à la rive gauche, plus large, qui fourmille de petites boutiques médiévales, de temples ancestraux, de resto atypiques accouplés à des coffee-shops rustiques.

Des plages de sable blanc suprême, moelleux et cristallin bordent le fleuve au détour de chemins de montagne étroits et confidentiels.

Je m'épanouis d'un seul coup.

Cela aurait pu avoir lieu autre part, mais je sais qu'ici il va se passer quelque chose.

Dominique me regarde, amusé :

- Doro, c'était à ce point là ? Tu ressembles à une enfant juste avant Noël.

L'accueil à l'Ashram de Swami Shivananda est impersonnel. Le vieux moine ne parle pas bien anglais, il nous explique avec les deux ou trois mots dont il dispose, qu'il n'y a plus de chambre mais que les résidents sont les bienvenus dans la petite pension voisine. Puis il sort d'un vieux dossier un programme qu'il nous tend d'un air circonspect.

On ne doit pas avoir une tête à Ashram !

Mais rien ne pourra, quoi qu'il arrive, tarir mon enthousiasme.

Nous allons déposer nos sacs à la "Guest House", les chambres ressemblent à des cellules de Carmel, propres, dépouillées, succinctes, tristes.

La nôtre est un mini appartement avec trois pièces donnant sur les Ghâts, elle coûte quatre euros la nuit.

Je suis enchantée, Dominique est sidéré, mais n'ose rien dire, conscient qu'il y a un truc qui se passe et le dépasse.

Je m'assois sur le lit à treillage et j'étudie le programme :

- Cinq heures du mat ? Ah non, je ne commence pas à 5 h, je suis trop fatiguée! Je sèche le premier cours, j'irais à 7 h30...

"Bon terrain, mais en friche" notaient avec justesse

mes professeurs sur mon carnet eh bien ça continue ! je suis toujours la même élève autocrate.

Le soir nous nous promenons dans les ruelles encore tout animées, à la recherche d'un e-mail center.

Depuis que nous sommes partis, nous avons pu constater à quel point Internet est une pratique mondiale. N'importe quel petit village de plus de 200 habitants possède son épicerie "e-mail."

Un ordinateur finit par se libérer. Dominique se connecte, il a la maîtrise de tout ça, non pas pour communiquer mais pour suivre ses sacro-saints cours de la bourse et pester contre le Cac 40.

Je reçois comme d'habitude un e-mail de Thierry et un autre d'Aurélie, Bianca n'a jamais le temps, normal, elle est aussi désorganisée que moi. Ils me donnent des nouvelles de notre petit groupe et m'interrogent :

- Alors, avez-vous eu vos réponses ?

Je tape :

- Demain !

Le réveil sonne à 7h, je suis prête à 7h07 et je m'assoie sur les ghâts pour admirer le soleil, si tangible ici, commencer sa montée dans l'Himalaya. Je sais qu'il faut remercier pour tous ces moments de beauté et je le fais.

A 7h30, j'arrive pour la première cérémonie.

Cinq Européens sont déjà en position de méditation.

Ils ne bougeront pas la tête.

Je m'assois comme eux et je regarde les moines offrir leurs présents à la Divinité, eau, fruits, fleurs... encore une fois ce n'est pas ma culture et je me demande un peu tristement pourquoi je suis là.

J'observe les autres, ils ont l'air d'être dans un monde à part, au bout d'une demi-heure, je décide enfin de faire comme eux, de lâcher prise... Et soudain, le miracle survient.

J'entends une voix grave, très mâle, un peu âgée, prononcer au plus profond de moi :

- *Tu sais très bien où il est, il vit très fort en toi.*

Affolée, je sens ma deuxième question se poser d'elle-même :

- Et quel est mon chemin maintenant ?

- *Tous les chemins sont bons, du moment que tu y es bien.*

C'est la tempête dans ma tête, quelle est cette voix, celle de Shivananda ou celle de mon “maître intérieur”?

Tout ce que j'ai lu dans mes livres ésotériques existe donc ? Je les ai entendues tellement fort, ces paroles qui résonnent si longuement.

Mais ces réponses qui me surprennent tant, sont de toutes petites choses comparées à l'immense paix qui descend en moi et m'emplit comme un nouveau baptême.

L'espace d'une seconde j'aperçois ce que les

bouddhistes appellent le rayonnement et je comprends la différence entre le bonheur du ciel et les pauvres petits substituts de nos égos surdimensionnés.

Cela a duré l'espace d'un instant, mais qui suis-je pour avoir mérité cela ? Normalement il faut accomplir un travail quotidien pour y accéder, moi je n'ai apporté dans ce temple que la foi et l'énergie du chemin que j'ai choisi.

En tout cas, à cet instant, je renaîs.

Dominique m'attend pour prendre le petit déjeuner, il m'aperçoit de loin et me fait un grand signe de la main, puis me regarde attentivement et me dit :

- Tu as changé, tu n'as plus le même regard, qu'est-ce qu'il s'est passé ?

Je chante en dansant :

- J'ai eu mes réponses, j'ai eu mes réponses ...

Il se met à rire :

- En tout cas, tu as toujours 12 ans !

Nous partons à la recherche d'un lieu convivial. En passant, j'achète des bananes à un jeune hindou tout ruisselant encore de ses ablutions du matin. Pendant que Dominique discute avec un Sadhu, j'en ouvre une distraitement et immédiatement je sens dans mon cou quelque chose d'humide...Une vache pose son museau sur mon épaule pour avoir une pelure, elle est trop mignonne, je la lui donne, bientôt, ce sont quatre ou cinq vaches qui m'entourent et se collent à moi, ensemble, nous avalons toutes les bananes.

Dominique gémit :

- Alors, à Paris, on a droit à Kissa et Micro-ondes, (Micro-ondes, c'est mon chat) et ici tu vas t'occuper des vaches ?

On s'assoit pour prendre un “tea and toasts” au Green Hôtel qui n'a d'hôtel que le nom. Je laisse Dominique discuter avec deux Irlandaises et je repars pour mon Worship de 10 h.

Sur la route, je tombe en arrêt devant un très souriant Ashram, contrairement à celui de Shivanand, il est ample, coloré, plein de vie, il correspond bien à ma nouvelle envie d'ouverture.

Je vais à l'accueil qui m'envoie au Maître Supérieur.

Je l'aime tout de suite.

Je lui explique avec mon anglais d'écolière :

- Pour moi, les religions disent la même chose, le Bouddhisme commence par : Tout est souffrance, évitons cette souffrance par la maîtrise du mental, cette voie nous conduira à l'amour universel qui nous emmènera au Nirvana... Le catholicisme énonce : Tout est amour, offrons nos souffrances pour qu'elles rachètent le monde et prions pour atteindre le ciel... Mais la prière sans la connaissance ne me suffit pas. Pour retrouver mon fils, je suis venue chercher un petit peu de maîtrise...

Je suis consciente de m'exprimer comme si j'allais

demander du sel à l'épicerie du coin, mais c'est le seul langage dont je dispose.

Il rit mon homme sage :

- You think too much, there is too much noise inside you, il faut faire beaucoup de yoga et de méditation and stop to think !

Il rit encore, égayé par mes petites pensées de bazar.

Je ne suis même pas vexée, je sais que l'on peut avoir jusqu'à soixante mille pensées par jour et que je ne m'en prive pas, je vais avoir du mal à faire le vide. Néanmoins, je comprends que je dois y arriver pour que Pierre-Arnaud ne se retrouve pas à l'intérieur de ce tumulte.

Je cherche à m'inscrire mais en fait il n'y a pas d'inscription, tout est gratuit, si l'on veut, on peut donner une offrande.

Je rejoins Dominique qui, pendant ce temps, a pris une chambre au Green Hôtel. Il est très satisfait, tant mieux, chacun ses rencontres.

Notre vie s'organise tout doucement, j'avance petit à petit vers plus de lumière, j'arrive à me séparer des derniers arcanes de la souffrance et à me laisser envahir par la plénitude de la tendresse.

Pierre-Arnaud est là, en moi, heureux.

Je me souviens avoir ressenti le même genre d'épanouissement quand j'étais enceinte.

Mon moment préféré est le yoga à sept heures du matin dans l'Himalaya.

Tout en haut de l'Ashram, sur une longue terrasse en plein ciel, au milieu des premiers rayons qui dispersent la brume, notre jeune moine nous rejoint dans la sérénité. Il est beau comme un dieu, habillé de blanc immaculé et chacun de ses gestes dessine l'harmonie.

Une heure de pur bonheur.

J'apprécie aussi la cérémonie des chandelles sur le Gange.

Au coucher du soleil, nous déposons des offrandes sur le fleuve en psalmodiant des mantras et en priant avec les moines, c'est très familial d'autant que nous nous passons les uns aux autres l'imposant Chandelier qui symbolise la Paix.

A chaque fois une petite fille de dix ou onze ans vient se blottir contre moi. Un soir je lui offre une mangue, elle me gratifie d'un magnifique sourire, son calme et sa réserve m'étonne, je lui demande amusée, en anglais :

- Pourquoi es-tu aussi sage ?

- Parce que je n'ai pas envie de nourrir les démons !

Je reste ébahie, donc, même cet enfant en sait plus que moi ?

Nos pensées négatives prennent des formes éthériques et vont alimenter le bas-astral, les énergies qui le peuplent nous tourmentent alors pour en avoir encore plus. En revanche, les pensées positives attirent les sphères du haut qui répondent par la lumière.

Pour posséder ces pensées positives, il faut se nourrir de la beauté du monde et barrer la route à la laideur, refuser le sordide, le médiocre.

Voilà pourquoi notre Maître de Yoga sourit de façon si intériorisée quand un petit singe vient perturber la leçon en sautant au milieu de nous, ou qu'un oiseau se pose et gazouille.

Pour survivre, je vais m'offrir l'Univers.

Commençons par la Terre.

Aujourd'hui Dominique et ses copines ont organisé un rafting sur le Gange.

Je me joins à eux et nous partons dans un vieux 4/4 à une quarantaine de kilomètres de là, vers les sources de Kaudilaya.

Le Gange cascade de plus en plus joyeusement, les plages toujours aussi blanches et soyeuses s'élargissent, nous arrivons à une sorte de campement dans un creux de l'Himalaya où les Dinghys nous attendent.

Il paraît que c'est facile, en tout cas nos gilets de sauvetage et nos casques sont là pour nous rassurer.

Merveilleuse, silencieuse, délicieuse descente où les difficultés nous donnent autant de joie que les intervalles de calme. Au milieu du parcours, nous sautons de l'embarcation pour nager et nous laisser dériver le long de légers rapides.

Même si l'eau est glacée, c'est un vrai plaisir. Tout en claquant des dents je me souviens de cette phrase du Mahabharata :

" Répéter son nom apporte la pureté, le regarder assure la prospérité, se baigner dans ses eaux sauve sept vies humaines, il n'existe aucun pèlerinage comparable à celui du Gange..."

Nous descendons ainsi jusqu'à Rishikesh où j'arrive à temps pour la Puja du soir. Je croise, comme d'habitude, le Maître supérieur qui s'épanouit en un large sourire dès qu'il m'aperçoit :

- Hello, "Think too much".

Tout le monde m'appelle comme çà maintenant dans l'Ashram.

Les jours passent, Dominique observe avec un peu d'inquiétude ma façon de me dissoudre et de m'illuminer.

Je vis de mangues et de bananes au petit déjeuner (toujours avec mes copines, les vaches) de riz et de lentilles à midi et seulement de thé le soir, je ne dois plus peser très lourd.

J'améliore mon emploi du temps avec de nouveaux petits bonheurs, un matin, c'est un plantureux massage ayurvédique concocté par une sorte de guérisseur qui officie dans une petite cahute et me frictionne longuement d'huiles essentielles, le lendemain c'est mon thème déchiffré à travers les lignes de la main par un palmiste qui loge dans un temple tout en haut de Richikesh, je l'atteins après une heure de trek :

- Vous vivrez, me dit-il péremptoire, jusqu'à 74 ans 1/4.

Tropical Rainforest Paradise : DUNK-ISLAND “. Les brochures sont époustouflantes de beauté, dans l’avion qui nous y emmène, je me détends déjà.

Curieuse Australie, mélange de sophistication anglo-saxonne et de vie primitive, nous embarquons pour l’île sur un bateau presque semblable à celui du film “ La leçon de piano “, bizarre impression que ces vestiges pionniers qui rendent le continent si authentique.

Je crois que je n’ai jamais été aussi heureuse qu’à “Dunk”, j’entends “heureuse” comme quelqu’un qui soudainement serait soulagé d’une maladie oppressante.

Seuls les gens qui sont passés par une énorme souffrance peuvent appréhender ce bonheur là et connaître la valeur de l’extraordinaire sensation de liberté que l’on ressent après l’absolutisme du mal.

Les couleurs, l’air, l’univers prennent alors de nouveaux aspects habités par des vibrations plus fortes comme si on voyait la vie derrière une caméra en 3D.

Dominique part tôt le matin pour faire de la plongée bouteille, je reste toute la journée à nager, à lire mes livres, à me promener dans la nature, à profiter de la décontraction bien élevée et super professionnelle du staff et à revivre mes souvenirs avec Pierre-Arnaud.

Quel bonheur d’être avec lui au soleil et dans la paix.

“Je me souviens “ disait Georges Perec en parlant d’antan, moi je vis le passé avec tant de force qu’il en

devient présent.

Présent comme un cadeau puisque cet homonyme signifie “bienfait”.

Les cartes postales de Boubou commençaient toujours par “Ma petite maman que j'aime à la folie” et répétaient à chaque fois, “tu me manques, tout va bien, c'est génial, je suis trop fort au golf...merci ma maman que j'aime...”

Quand Pierre-Arnaud apparaissait, il provoquait généralement un genre “d'arrêt sur image”, un millième de seconde où tout se figeait devant le pouvoir tranquille qu'il dégageait. Ce n'était pas à cause d'une beauté évidente qu'il impressionnait mais plutôt par un charme particulier composé d'harmonie, d'énergie positive et de tendresse.

Ensuite il surprenait par des qualités différentes de celles que l'on a l'habitude d'appréhender, la facile assurance avec laquelle il établissait un contact ou donnait son amitié, l'humilité avec laquelle il partageait sa connaissance de tous les sports, la manière dégagée dont il dépensait l'argent qu'il gagnait et surtout l'invraisemblable liberté qui l'habitait et l'animait.

Il avait toujours tout attiré et surtout la stupéfaction.

A huit ans, il montait déjà sa première entreprise.

En tant que directrice de la création, je recevais à la maison la plupart des magazines qui existaient sur le marché et il y en avait beaucoup ! J'emportais à l'agence ceux qui m'intéressaient pour la campagne du moment. Les autres restaient abandonnés en *pile indienne.*

P.A. avait commencé par en prendre deux ou trois et s'était débrouillé pour les vendre dans la résidence. Qu'est-ce qu'il racontait aux gens ? Je ne l'ai jamais vraiment su, quelque chose comme :

- "Maman n'en veut pas et on ramasse de l'argent pour acheter des jouets aux enfants".

Toujours est-il qu'il les vendait 50 cents, que les gens, non seulement ne posaient pas de question mais l'encourageait :

- C'est une très bonne idée mon petit.

Ca marchait tellement bien qu'il avait dû embaucher jusqu'à quatre copains qui évidemment lui reversaient des dividendes. Je ne sais plus qui m'a prévenue, le marchand de jouets je crois, qui ne comprenait pas pourquoi Pierre-Arnaud disposait de tant d'argent. J'ai, bien-sûr, procédé à la dissolution immédiate de l'affaire, mais cela faisait quand même déjà deux mois que sa petite entreprise fonctionnait !

J'aurais tant de choses à raconter...

Pendant ces difficiles années de 13 à 15 ans, il avait passé un trimestre où toutes ses notes avoisinaient le 5, sauf les maths où bizarrement il était toujours dans les premiers, peut-être parce qu'il n'y avait pas de livres à ouvrir...Je décidais de l'envoyer par punition, afin qu'il devienne sérieux, dans une ferme à côté d'Annecy (Maman avait trouvé l'adresse dans la "Vie Catholique" c'est tout dire !) eh bien même là, il était superbement heureux de traire les bêtes, de promener les chiens dans la neige, d'aller porter la soupe au pépé, de faire rire les paysans le soir à la veillée !

Le trimestre suivant, son père, effrayé par mon système d'éducation, décidait de le retirer, au grand regret des fermiers qui avaient tout de suite eu pour lui l'affection si particulière qu'il suscitait et l'avait envoyé, sans doute pour compenser, dans le très sélect Collège de Beausoleil en Suisse. Là, changement de cap, P.A. était devenu en un rien de temps l'espoir n°1 du ski alpin et le capitaine de l'équipe de hockey.

Il était, en fait, le champion de l'adaptabilité. Même plus vieux, il ne faisait toujours pas de différence entre un pot au milieu des ouvriers pour fêter la couverture d'un immeuble et une soirée privée chez un grand couturier.

Normal, il y trouvait le même intérêt.

J'allais un week-end sur deux en Suisse tellement il me manquait, un vendredi soir alors que j'arrivais, on me prévint que le directeur m'attendait, Pierre-Arnaud était déjà dans son bureau.

- Ecoutez, me dit-il, votre fils n'a pas mérité de sortir, nous le gardons...

Je me souviens encore du désespoir qui m'envahit, je me suis mise immédiatement à pleurer avec de gros sanglots comme je le fais toujours, Pierre-Arnaud m'a pris la main, le directeur gêné - il n'a jamais vu quelqu'un se tenir aussi mal - me parlait comme à un bébé :

- Madame, il faut être adulte...

Il avait oublié lui, que les désespoirs sont toujours lourds comme des chagrins d'enfants quand tout à coup, sous leurs yeux, le monde bascule et les transperce ?

L'année suivante, je gardais P.A. avec moi. En fait je ne pouvais pas m'en séparer et je savais que plus tard je pourrais toujours l'envoyer passer son bac aux États-Unis, j'étais à peu près certaine qu'il l'aurait.

Là bas, on choisit ses matières, il en faut quatre. Il a pris, français, tennis, math et je ne sais plus laquelle, mais en tout cas, il a obtenu son "G.E.D" avec un chiffre record et une notoriété indiscutable. Il était le French-Lover de ce Collège de Tucson où il avait atterri, les filles lui envoyaient tous les jours des fleurs.

Pourquoi Tucson ?

Le questionnaire de l'organisme "questionnait" :

- Dans quelle partie des U.S.A. voulez-vous aller étudier ?

Lui avait répondu :

- La plus chaude possible.

Évidemment il sortait de Suisse et il ne savait pas encore que les organismes n'ont pas d'humour. Par conséquent il m'appelait de Tucson en me racontant :

- Je suis dans une cabine, le combiné me brûle

grave, attends, je vois un chacal se diriger vers moi...

Il a 18 ans, on l'inscrit dans une école pour le cinéma. En attendant que les cours commencent, il vient souvent me voir à l'agence où tout le monde l'aime bien :

- Ah tiens voilà “The” Boubou !

L'amour que nous affichons amuse tout le monde.

P.A. se trouve dans mon bureau quand un annonceur passe me saluer :

- Je ne vous dérange pas ? Vous avez commencé le casting ?

- Euh, oui...

- En tout cas, s'il n'est pas hors de prix, il me convient très bien ce jeune-homme !

On se regarde en riant, puis je décide :

- Bon, puisque tu as du temps libre, va t'inscrire chez Karin-Models, c'est un milieu intéressant à connaître, j'appelle Sandrine, ma bookeuse, je te mettrai dans la recommandation.

Et le client le choisit. C'est ainsi qu'il commençât sa carrière de Top : Milan, Los Angeles, Tokyo... De ces voyages, il nous ramenait des filles de plus en plus jolies et de plus en plus internationales. Jusqu' à ce que son père s'affole de nouveau - Ce milieu convenait-il véritablement au nom qu'il portait ? - et décide de le récupérer pour le former.

Même dans une entreprise et malgré le changement

complet, il continuait à être heureux, il fallait vraiment être doué pour çà !

Il est sept heures du soir, Dominique rentre crevé mais pour une fois, j'ai envie de discuter :

- Pourquoi es-tu si génial avec moi ?

- Parce que je t'aime, ma chérie, tu es comme une étoile pour moi.

- Mais tu ne me proposes rien, tu ne me demandes rien, tu ne me parles de rien !

- Tu veux que je te parle ? Et bien c'est simple, j'ai commencé à travailler à vingt ans juste après mes deux ans de service militaire, ensuite je n'ai plus jamais relevé la tête parce que je peux te dire que nous sommes de sacrés bosseurs dans la petite bourgeoisie ! Maintenant c'est ma dernière ligne droite, je m'éclate enfin, je m'offre ce superbe voyage avec toi, mais je ne veux me lier en rien. Je vais quitter Paris, acheter un pied-à-terre au soleil avec un bateau sur lequel je m'installerai la plupart du temps pour faire de longs voyages et je vivrai comme un sauvage, tu es prête à me suivre ?

- Ben, raconté comme çà, bof !

- Tu vois, donc : "stop to think" comme ils te disaient là-bas, souviens toi de la maxime "be now here". (soit-là maintenant)

Dire que je m'étais faite particulièrement jolie ce soir, ce n'est pas juste.

Combien de fois devrais-je connaître l'abandon, que suis-je supposée apprendre que je ne comprends pas ?

Il serait peut-être temps que je fasse mes devoirs de vacances, peut-être me feront-ils évoluer, je prends en soupirant mon dossier “Reïki”.

“ Le but de chaque être humain est de vivre l'instant présent en harmonie avec son corps physique, psychique et spirituel dans le temps et l'univers, c'est à dire dans son passé, son présent et son futur.”

Bon ! Et qu'est-ce que je dois faire pour cela ?

“ Prendre un bloc de papier, un stylo plume, pas un crayon de bois, le graphite étant un mauvais conducteur d'énergie, faire silence en soi, demander aide et assistance à l'univers, se remplir d'amour pour *le Soi en soi* et commencer à écrire tout ce que nous avons à dire de pseudo positif ou de pseudo négatif sur la personne déterminée par avance. Ensuite nous chiffonnons cette feuille, nous la brûlons, les cendres seront glissées dans une simple enveloppe qu'il faudra jeter dans un fleuve ou dans la mer. Personne ne doit connaître le contenu de ces lettres, c'est une histoire d'âme à âme.
Vous purifiez ainsi vos énergies et celles des autres. Suivez la chronologie.”

Pour moi cela commence par ma mère, mon père, toute la famille proche, puis les maris, les fiancés, les amis, j'écrirai en tout quarante deux enveloppes que j'irai jeter au large.

Est-ce que je me sens plus légère d'avoir déposé ces valises virtuelles ? Je n'en sais rien, mais en tout cas, j'ai jeté un paquet de tristesse, de désarroi, d'amertume et d'amour tronqué, un paquet de quelques mots peut-être mais qui pèsent une tonne. J'ai l'impression d'avoir appris beaucoup de choses sur moi-même et d'avoir plus de courage aujourd'hui.

Notre dernière étape est la Malaisie, via Singapour.

J'ai mes adresses à Singapour, le Duxton Hôtel dans Chinatown pour dormir parce que j'apprécie la discrétion de son luxe, le Raffles pour l'exubérance de son tea-time et enfin “chez Kang-Li” pour mon plaisir favori : faire photographier mon aura.

Cette fois-ci, je la regarde avec circonspection, elle est :

Centre : *bleu saphir* - Plexus solaire : *bleu pastel*
Coeur : *bleu ciel* - Gorge : *bleu pervenche*
Côté droit : *lavande* - Côté gauche : *vert amande*
Energie sexuelle : *aigues-marines* - Racine : *indigo.*
Cela veut dire : *Deep, Peaceful, Spiritual, Mystical, Compassionate, Spiritually focused and Healing.*

Et bien, l'Inde a bien marché, je suis complètement illuminée ! Je sais que je m'imprègne toujours comme une éponge mais à ce point là, je m'impressionne...

Pourtant je n'avais été, selon mon habitude, que sommaire là-bas. Ce qui prouve que l'on peut être à la fois consommatrice, addict des soldes de Joseph ou de Ventilo et avoir une âme nimbée de compassion !

J'analyse précautionneusement ma photo : au dessus de ma tête, il y a un halo de lumière blanche, c'est certainement P.A. qui me protège, j'ai de la chance, par contre, tout ce mauve là qui m'entoure, qui tend vers le magique, c'est trop, il faut que j'augmente le côté vert : la couleur de la cicatrisation, de la croissance, du printemps, de la renaissance, du renouveau...

Je vais essayer de réorienter mon énergie. Déjà par la couleur.

Je file dans le magasin "Crystal" et je m'achète des boucles d'oreilles en hyacinthe d'un beau jaune un peu ambré. Apporter du jaune à tout ce bleu conduira mon aura vers le vert.

Par un procédé compliqué, en prenant une goutte de sang et en passant le tout dans une incroyable machine, le petit chinois imprègne mes bijoux des mêmes radiations que celle de mon corps.

En route ainsi parée pour la Malaisie.

La Malaisie est musulmane, on oublie çà, le tchador, l'absence de rires, de contacts, de regards. Heureusement il y a les chinois, toujours hilares, qui tiennent la plupart des commerces, travaillent comme des fourmis et sont très "friendly".

A Tioman, pour oublier le cafard du matin, (mais que se passe t-il la nuit pour que je me réveille toujours si triste ?) j'attrape distraitement mon masque et mes palmes pour m'enfoncer dans l'eau plate et tout à coup, là, toute seule au milieu de la mer, j'éclate de rire, d'un rire qui ne s'arrête pas, un vrai rire de joie, profond, heureux, hilare, des milliers de poissons, petits, grands, aux couleurs de bonbons ou d'arc en ciel, m'entourent, viennent me dire bonjour, faire connaissance, taper dans le masque, jouer avec moi, c'est merveilleux, presque trop fort, je ressens une reconnaissance infinie pour la beauté du monde.

Entourée d'une nuée de nouveaux amis, j'avance un peu et juste là, je tombe sur des coraux vivants, je suis à peine à vingt mètres du rivage, je dois rêver, je rêve devant ce foisonnement de pourpres, de jaunes, de bleus, des nuances de vitraux.

Les coraux ont des stalagmites dressés vers le ciel comme des cathédrales où les poissons viennent se mettre à l'abri, ils y entrent avec assurance, se nourrissent, vivent de cette manne.

Tellement d'orchestration dans les couleurs des coraux, tellement d'imagination dans celles des poissons que j'aimerais être couturière, j'inventerais une boutique avec au mur des vidéos géantes reproduisant la beauté du peuple marin et l'on pourrait trouver sur les portants des robes toutes simples aux mêmes dessins.

Hors du temps, hors de l'espace, dans le silence de ce monde, je rejoins Boubou à travers une harmonie sereine.

Puisqu'il était du signe des Poissons.

J'avais pourtant appris aux enfants, dès qu'ils avaient su parler et rabâché comme une comptine :

- On s'aimera ?
- Toujours, répondaient-ils consciencieusement.
- On se donnera toujours ? - Pleins de baisers.
- On ne se quittera ? - Jamais.

Il avait promis, il n'avait pas le droit...

Redang, Perhentian, Langkawi ... A chaque île, le miracle se reproduit, sans doute parce que les Malais ne se baignent pratiquement pas ou, en tout cas, tout habillés et que les Chinois ne savent pas nager.

L'eau recèle des merveilles. D'énormes tortues évoluent autour de nous et viennent respirer à quelques mètres, leurs petits éclosent sur la plage et nous les accompagnons du mieux que nous pouvons, afin qu'ils arrivent sans encombre à la mer.

Des requins tranquilles, dorment au fond de l'eau : J'apprend à faire doucement demi-tour avec les palmes, il paraît qu'il ne faut pas passer au-dessus d'eux, ils ont un territoire délimité comme une sorte de grande cheminée et n'aiment pas qu'on le traverse.

C'est toujours avec le même plaisir que je partage chaque jour mon pain avec les petits poissons morfales qui me picotent les doigts par gloutonnerie.

Le soir, on visite l'intérieur des îles, les petits restos et les grands monuments; quand il y a des bouddhistes, je me précipite pour me replonger dans leur sourire.

A Big Buddha, dès l'entrée on nous offre un petit bracelet tressé, ils sont en train de construire un temple et dans un coin il y a un monceau de briques qui attendent. Moyennant un peu de monnaie, on peut choisir la sienne, inscrire au feutre indélébile un nom ou un souhait et le leur remettre en sachant qu'ils bâtiront le nouvel édifice à partir de tous ces témoignages.

- Qu'est-ce que tu écris ? me demande Dominique.

- "Pierre-Arnaud, je t'aime", pourquoi ?

- Mais tout le ciel est au courant, Doro ! Ils doivent même en plaisanter là haut, comme on le faisait ici...

Et puis un jour, brusquement, je n'en peux plus.

Bianca me manque trop, Gaïa encore plus, je veux revoir mon appartement, Paris et tout ce que j'ai comme amis, me réinscrire dans la vie, reprendre un boulot où je pourrais papoter à l'heure du déjeuner, me reconstituer une ethnie qui maintenant sera différente et certainement plus attachante.

Je comprends Eve qui tend la pomme à Adam, le paradis, elle devait certainement l'avoir dégusté jusqu'à la nausée.

Comme moi.

Je vais voir Dominique :

- Fais ce que tu veux, moi je rentre, je vais réserver mon retour Singapour-Paris.

- On est bien ici, tu n'as aucun souci d'argent, tu nages toute la journée...

- Oui, mais moi je ne suis pas comme toi, un vieux papie à la retraite, non je plaisante, tu as l'air d'avoir 45 ans et tu es très beau, n'empêche que je veux reprendre ma vie.

Il finira par rentrer avec moi, je ne sais pas pourquoi, j'ai beaucoup d'autorité sur lui.

Des Nouvelles du Ciel

Le choc de Paris, défendue comme une place forte, si familière et si fermée.

L'arrivée est grise, toujours grise, surtout dans les brumes du petit matin, heureusement on a réunion !

Petit déjeuner chez Bianca et Stéphane où il y aura Thierry, Aurélie et mon amour de Gaïa à qui j'ai rapporté une valise particulière de cadeaux.

Je retrouve ma fille avec un intense bonheur, je ressens un attachement profond pour elle. Je suis la gardienne de ses différences, de son indifférence et de son mal de vivre. Elle a beau les cacher sous toutes sortes d'artifices, je les décode mieux que quiconque. Je la connais par coeur.

Le premier mois de son départ en Amérique, elle me manquait tellement que je l'appelais plusieurs fois par jour.

On parlait, absolument comme d'habitude, longuement de cinéma, de littérature - Tom Hanks ou Merleau Ponty - lorsque la première facture est arrivée, je suis restée sans voix. Heureusement, nous avons pu mettre en place d'autres systèmes pour continuer à communiquer.

De toute façon, j'y allais tout le temps, ne serait-ce que pour un long week-end.

Au milieu d'un léger silence, entre deux bouchées de croissant, Gaïa déclare de sa toute petite voix :

- Vous savez, Mouma c'est ma soeur-jumelle - meilleure-copine - princesse-fée...

- Ce n'est pas un scoop, çà, Gaïa ! rétorque en riant Bianca.

Ma petite fée Clochette est lovée dans mes bras, nous n'avons pas pu nous détacher depuis mon arrivée, je lui chuchote des histoires à l'oreille :

- Dans l'avion, je n'en pouvais plus d'attendre pour te voir, je voulais qu'il aille plus vite, alors le commandant m'a dit : “Plus vite ? Mais on va déjà à mille à l'heure !!”. Après, devant le tapis des bagages, je demandais au ciel : “S'il vous plaît, faites qu'ils arrivent tout de suite”, Dominique me répétait “calme-toi”, mais moi je savais que mon petit crapaud à poils rouges m'attendait !

Après dans le taxi, je disais encore : “ Monsieur le chauffeur, s'il vous plaît, je suis pressée, j'ai promis à ma trotinette à couettes de lui raconter l'histoire du crocodile-banane à rames...”. Il ne comprenait rien du tout le chauffeur, normal, c'était un adulte !

- Moi tu sais, depuis que j'étais réveillée, j'écoutais tous les bruits de l'ascenseur et je tournais la tête à chaque fois... Quand ce n'était pas toi, je pensais, le prochain ce sera Mouma...

Gaïa, son âme si pure, son extraordinaire tendresse, plus sensible et scintillante qu'un ange, sans défense devant la brutalité, je serai toujours là, petite merveille, pour t'aimer.

Je retrouve enfin mon appartement, c'est le lieu que j'ai découvert et façonné avec mon fils, j'apprécie paisiblement son charme.

Il a quelque chose d'indéfinissable que l'on ressent dès qu'on y entre. Peut-être est-ce ce sentiment d'être à l'abri, le désir si fort de P.A. de me protéger.

Quel bonheur d'être là ! Je câline encore Gaïa, j'écoute Bianca, je raconte des détails à Véronique, Françoise, Sophie et les autres, puis je m'occupe d'Aurélie :

- Tu dois partir, je ne veux plus te voir avec cet air blafard, des cernes et cette souffrance encore inscrite, réfléchis où tu veux aller, je me charge du billet.

- Il n'en est pas question !

- Aurélie, tu m'obéis, sinon je ne te vois plus.

- Ah non !

On plaisante toutes les deux, elle vient d'obtenir son diplôme de comptabilité, il lui reste l'expertise, qu'elle est courageuse Aurélie, ce n'est vraiment pas juste !

Ils sont splendides ces premiers jours de juin, je vais courir avec Kissa au bord du lac.

Je m'arrête pour traverser la route. Un clochard dans la maturité, au visage buriné par les souvenirs, ramassé sur ses déceptions, me regarde distraitement. Tout à coup il sort de sa torpeur :

" Vous êtes charmante, me dit-il, on dirait une apparition..."

"L'apparition" lui donne tout ce qu'elle a dans son porte-monnaie en culpabilisant comme à chaque fois, avec raison. Ne dit-on pas :

"Quand on n'a pas tout fait pour quelqu'un, on n'a rien fait."

Dans le Bois de Boulogne, je croise une copine que j'ai connue lorsque j'avais vingt ans, ce que j'appelle une amie de circonstance, nous n'avons jamais rien à nous dire, que des propos insignifiants, mais ça fait tellement longtemps qu'ils en deviennent habituels :

- Salut, dis donc tu as changé, tu es superbe.

- Merci.

- Qu'est-ce que tu as fait ? Tu t'es fait refaire les yeux ?

- Non, je suis allée dans un Ashram...

- Tu veux bien me donner le nom de ton chirurgien ? Plus je te regarde, plus je trouve que c'est parfait.

- Écoute, je te dis que je suis allée en Inde.

- Et en plus tu as maigri, tu es vraiment bien...

Il y a une pointe d'agacement, elle aurait voulu une

adresse, un secret, une confidence, c'est raté.

Pendant les trois mois qui vont suivre, toutes mes amies me parleront de cette lumière dans le regard. Quant à mes copains ils me draguent gentiment.

En fait, je dois “irradier”, on m'a donné l'apaisement en Inde, la sérénité sur la Grande Barrière, l'harmonie en Malaisie, je suis en “total energy”, une petite loupiote tremblotante de 20 watts transformée en 200 !

Malheureusement je pressens que cela ne va pas durer, Paris attaque, dévore, pollue.

Je vois tous ces gens en tenue de combat, je leur souris et ils me sourient, je représente pour l'instant un pôle positif, qui étrangement, génère un halo de respect autour de moi, je le sens et c'est magique la vie comme çà.

Cela s'apparente au bonheur.

En même temps d'autres batailles s'annoncent. J'ai à peu près compris qu'il y a d'abord le ciel où vont les élus, puis les niveaux de purification composés de sept sphères où sont les âmes comme les nôtres, reste le bas astral.

Je n'imagine pas une seconde mon bébé dans ce piège mais quand même il faut que je vérifie.

P.A. est beaucoup trop intelligent pour ne pas avoir vu et suivi la lumière décrite dans le livre Tibétain, mais je veux qu'on me le confirme.

J'ai donc deux buts pour cette rentrée :

- O.K., Pierre-Arnaud est dans l'astral, mais où exactement ?

- M'accrocher à un boulot, dès septembre si possible.

Pour la première partie de mon programme, je pars à la Fnac, je sais, ça peut paraître prosaïque, mais c'est le chemin que je connais.

Le livre de Jean Riotte, "Ces voix venues de l'au-delà " m'attire, il a une belle couverture bleu marine et je sens qu'il me le faut, pourquoi ? Je ne sais pas, mais il y aura tellement de signes comme celui-là désormais, dans ma vie que je n'oserai même pas en parler pour ne pas passer pour une demeurée.

Parce que, bien sûr, ce livre va me mettre sur la voie, il faut dire que l'enthousiasme lié à la sincérité de l'auteur est contagieux. Je lui écris immédiatement une lettre chez son éditeur, une semaine plus tard, il m'appelle :

- C'est Jean Riotte, à l'appareil, j'ai bien reçu votre petit mot.

- Ouah, quelle chance !

Nous rions tous les deux, nous allons parlé une bonne heure, il me fait participer à son évolution, partage avec moi ses certitudes, essaie de me convaincre d'abandonner mes préjugés, me conseille de ne pas me priver du canal bienfaisant d'un médium (quand celui-ci est de très haute essence) et me donne généreusement toutes ses adresses.

Aucune ne marchera. L'une a des problèmes familiaux, l'autre des soucis personnels, la troisième des ennuis de santé.

J'ai des interrogations plein la tête, pourquoi me refuse-t-on cet accès ? Peut être que Pierre-Arnaud ne veut pas communiquer ?

Je me rends un peu tristement à un déjeuner avec une amie, qui d'emblée me déclare :

- Dimanche, il m'est arrivé un truc extraordinaire, j'ai participé à une réunion avec un fabuleux médium...

- Arrête, s'il te plaît, donne-moi tout de suite, son nom, son adresse, son téléphone.

- Mais qu'est-ce qu'il y a ?

- Rien, ne t'inquiète pas, je vois des signes partout, ça me rend fébrile, s'il te plaît, vite...

Il se nomme Fabians, je l'appelle mais encore une fois ça ne marche pas, je tombe sur une personne qui travaille avec lui :

- Fabians ne peut pas vous recevoir avant deux mois, rappelez à ce moment là.

- Auriez-vous quelqu'un à me conseiller qui puisse me recevoir avant ?

- Euh... Et bien appelez Airald, je vous donne son numéro.

- Merci, merci vraiment.

Je joins Airald, il est disponible dans la semaine.

Et alors là, à chaque seconde, j'ai envie d'annuler.

Je me traite de folle, de barjot, tout à coup je ne crois plus qu'au néant. Dans quel cercle de candeur et surtout de crédulité suis-je en train d'entrer ?

Et si Airald me parle de bas-astral ou si P.A. erre toujours, quel nouvel enfer me prendrait toute ma raison ?

Et bien au moins, je pourrais prier, quitte à entrer dans un couvent pour ne plus faire que supplier jusqu'à ce que j'arrive à sortir mon Boubou de là.

L'appartement est conventionnel, l'homme aussi, avec une légère distance.

- Mon fils a eu un accident, il est décédé, je voudrais savoir s'il va bien, j'ai apporté une photo.

- Il faut que je vous prévienne, il peut se passer trois choses : la première c'est qu'il vienne, je vous transmets alors ce qu'il me dit, la seconde, c'est qu'une autre entité s'approprie la séance et me parle de lui mais peut-être aussi d'autre chose, la troisième, c'est qu'il ne se passe rien, à ce moment-là, on arrête et je vous tire les cartes, d'accord ?

- Quelles sont les critères pour qu'une entité vienne ou pas ?

- L'amour. J'ai remarqué qu'un amour très fort agit comme un aimant.

Airald place ses mains sur ma fameuse photo, celle qui ne me quitte pas depuis la messe d'enterrement, il se concentre, je sens des vibrations, une panique m'envahit.

- Il me dit de vous demander pardon d'être parti comme ça, de ne pas avoir fait plus attention, il a été surpris par l'accident, il n'a pas souffert, son âme a quitté son corps très vite, il veut que vous disiez merci à Laurent de lui avoir tenu la main, merci aussi pour la très belle messe que vous lui avez offerte, elle était pleine d'émotion, il l'a ressentie, toutes vos prières l'ont bien aidé...Votre mère l'initie, il communique beaucoup avec votre père, avec quelqu'un d'autre aussi qui a eu un accident de voiture, il parle de sa fiancée, il l'aime, il lui donne de la force, il va lui envoyer un être de lumière... Toutes les deux vous serez comme deux sœurs toute la vie...

Il essaie d'aller rendre visite à son père mais c'est impossible, il est trop barricadé, dites-lui de sa part qu'il doit s'occuper de ses cendres...Il veut que vous vous battiez pour toucher...une...assurance... Il est heureux, il est dans une bonne sphère... Sa mission consiste à aider tout ceux qui se tuent en moto comme lui...

Airald va me parler une heure durant avec ce même débit, je suis scotchée, apeurée, c'est ça le ciel? Tangible, quotidien, proche de nous, comme si juste une enveloppe de cristal nous en séparait, j'étais mieux avec mon fils à l'intérieur de moi que dans cette dimension approximative.

Je ne sais pas comment j'arrive à sortir et à retrouver la voiture, j'appelle tout de suite Aurélie, je tremble :

- Aurélie, il est venu ! Il t'aime, il t'envoie de la force, tu dois partir en vacances, il te protège...

- Je suis trop rationnelle pour y croire et pourtant...

Le lendemain, je vais être incapable de bouger. Pour avoir un autre avis, j'appelle un ami, grand professeur de médecine à New-York :

- Tu comprends, Philippe, c'est tellement exact, tout ce qu'il m'a dit...

- Notre diagnostic à ce sujet est clair : ces médiums, parce qu'ils ont su cultiver certains dons, ont accès à ton inconscient. Ils ne te répètent que ce qu'ils y voient, d'ailleurs qu'as-tu appris que tu ne savais déjà ?

- Et bien, je vais réfléchir, mais ce n'est pas aussi simple...

Quelle que soit l'alternative, il y a dans le mot néant, une béance qui m'épouvante et me pousse vers l'espérance... ou bien peut-être vers la voie du milieu. Celle qui parle de la réincarnation comme d'une énergie, un courant que l'on peut comparer à un litre d'eau jeté dans le fleuve, même s'il fait désormais partie du Grand Tout, cela reste toujours un litre d'eau.

De deux choses l'une, soit il n'y a rien et au moins, mon bébé ne souffre pas, soit il y a quelque chose et je sais qu'il y est bien, cela me suffit pour me sentir en harmonie avec lui.

La douceur de Paris, quand les jours sont gais comme en ce mois de juillet, provoque une agréable quiétude.

Une seule chose m'inquiète, Dominique a acheté sa maison en Corse, à Porto-Vecchio, il compte s'installer définitivement dès l'automne et je crains ce nouveau manque, on me dit "tu iras le voir" mais les billets d'avion coûtent cher et puis ce dont j'ai besoin, c'est de fusion, même si, comme disent les psy, elle n'est que l'illusion de deux névroses qui se rencontrent.

Je m'imagine mal, seule du matin au soir et du soir au matin, à attendre, comme s'ils étaient inscrits dans le temps, les coups de fil de Pierre-Arnaud.

" Il faut que tu bosses" me rétorque t-on.

D'accord, d'ailleurs mon chômage me pèse, c'est sécurisant au début, puis on se sent exclu et très vite cela devient dégradant.

Pour ne pas perdre la main et rester dans le bain, je fais des "free-lance", mais ça ne remplace pas ce que j'aime dans le travail : retrouver une ethnie, ses histoires, ses rites, ses secrets et cette espèce de compagnonnage où l'on se mesure dans ce que l'on a de meilleur ou de plus productif.

- A votre âge, me dit élégamment l'Apec, vous ne pouvez trouver que par relations.

Génial, ça tombe bien, j'en ai !

J'appelle Jacques. Charmante son assistante :

- Bureau de Jacques S., que puis-je faire pour vous ?
- Me donner un rendez-vous.
- Ne quittez pas...

Je pense qu'elle doit le lui demander sur une autre ligne, je me remémore qu'un soir Jacques m'avait dit :

- Il y a 360 jours dans une année et j'ai 400 clients qui veulent tous déjeuner au moins une fois avec moi, alors comment veux-tu que je trouve du temps pour toi !
- Petit déjeuner au Georges V, le 6 juillet à 9h, cela vous convient-il ?

Très bien, j'avais même oublié qu'il y avait des gens qui vivaient comme çà...

En attendant, je fais attention à moi, j'évite tous les lieux où je retrouvais P.A., que ce soit à Paris ou à Nogent parce qu'à chaque fois, pendant quelques secondes, j'espère le voir et comme un coup bas, cela fait très mal.

Kissa se lèche constamment les pattes, c'est un signe de dépression, j'ignorais que les chiens pouvaient en faire une, elle se sauve régulièrement de chez Aurélie pour aller se coucher devant la porte du bureau de Pierre-Arnaud, Aurélie retourne la chercher :

- Kissa me regarde tellement tristement quand je la reprends, me raconte-t-elle, que j'ai le coeur qui se serre à étouffer.

- Je vais garder Kissa, Aurélie, toi tu as tes études et il faut que tu sortes, pourquoi n'y aurait-il pas d'êtres de lumière aux Bains-Douches ?

Nous nous sourions, c'est délicieux d'avoir une petite belle-fille.

La tendresse de Pierre-Arnaud me manque à mourir, ne plus jamais partager, échanger, rire, savoir que l'autre est là et que vous comptez pour lui plus que tout au monde.

Qu'y a-t-il le matin, pourquoi cette impossibilité à parler, ce mur d'absence à l'intérieur de moi.

Que se passe-t-il la nuit dans mes rêves pour que je m'éveille si loin de la vie ?

Et aussi en fin de journée vers six heures, quand la douleur me rattrape, me déchire, me casse la tête et me fracasse le coeur, je n'en finis pas de me sentir tomber et d'être repêchée par je ne sais quoi, une force qui m'astreint à redevenir normale, c'est à dire à entrer à nouveau dans le monde des vivants. Je déteste cette douleur morne, ce poison lent qui me ronge le sang.

Au nom de toutes ces années de souffrance qu'il me reste à vivre, Seigneur ayez pitié de moi.

Aurélie a pris son billet pour la Martinique, en

attendant elle travaille en intérim dans un magasin de chaussures afin de disposer d'un peu d'argent là-bas, elle part vraiment à l'aventure, mais on a confiance puisque P.A. l'a dit.

Je vois ma psy une fois par mois :

- Vous comprenez, poursuis-je, c'est comme dans un film, si l'acteur principal meurt le film ne m'intéresse plus, que faire du temps qui reste ?

- C'est la mort de votre fils, pas la vôtre et l'acteur principal ce doit être vous, pas lui.

Je la trouve dure cette psy quand même.

Elle me quitte sur ces mots :

- Portez-vous de l'intérêt.

De l'intérêt ? Je ne vois déjà pas où est le capital, alors les intérêts !

En fait, ce n'est pas exact ce que j'ai déclaré à la psy, il y a des choses qui m'intéresseraient, par exemple permettre à P.A. d'évoluer jusqu'en "haut", en grandissant moi-même pour le rejoindre le mieux possible et faire rejaillir sur tous les êtres un peu de cet amour.

Pour cela il faut que j'avance, spirituellement s'entend, que je développe la connaissance, que j'apprenne à méditer, mais par où commencer et par qui être guidée ?

J'achète chez mon libraire, "Regards sur l'invisible"

Quelquefois je suis heureuse et dans ces moments-là, P.A. est tellement présent en moi que je le sens tout proche, comme si son accident n'était jamais arrivé, qu'il s'agissait juste d'un mauvais souvenir, d'un cauchemar glauque, j'ai la certitude absolu qu'il est vivant, je me sens comme avant puis l'ombre tout doucement recommence à descendre et me recouvre.

Les amis de P.A. continuent de passer.

Filou me raconte encore tout ému ses vacances à Agadir :

- J'arrive sur le golf et j'entends des hurlements de joie, ce sont nos caddies de l'an dernier, ils se précipitent sur moi et me demande " mais où est P.A. ? " je leur réponds que j'ai une mauvaise nouvelle et je leur explique l'accident. Tout de suite Aimen, celui de Pierre-Arnaud s'écroule dans mes bras, il ne l'a connu que quinze jours et il pleurait ! C'était çà P.A., il "marquait", autant au score qu'en affection...

Je suis contente quand on me parle de Boubou, d'ailleurs je crois que seuls les gens qui l'ont connu m'intéressent, peut-être parce que tous sont conscients de l'étrange symbiose qu'il y avait entre nous et ils la rendent présente.

Mais celui qui me fait le plus joli cadeau, c'est Cyril, il vient prendre un verre et me confie tout ému que sa fiancée attend un bébé, ils espèrent tous les deux que ce sera un garçon afin de pouvoir l'appeler

Pierre-Arnaud.

Si l'on peut agir ainsi pour nos compagnons d'en haut, cela justifie de continuer à vivre.

D'ailleurs les Bouddhistes accomplissent quantité de bonnes actions en leurs noms : prier, donner aux pauvres ou acheter des animaux condamnés pour leur rendre la liberté. Un poisson par exemple sera ainsi rejeté à la rivière parce que lui offrir la vie enrichira le ciel.

Jacques, enfin sa secrétaire, me décommande à nouveau, je le prends très calmement, cette fois-ci je n'en ai parlé à personne :

- Ce n'est rien, on remet çà ?

- Oui, le 6 septembre.

Et bien, cette date me convient tout à fait, elle signifie que je recommencerai à travailler vers le 15 septembre, c'est exactement ce que je désirais.

Le téléphone sonne et j'entends hyper surprise, la voix de Marion, si reconnaissable avec son accent allemand :

- Nous organisons le mariage de Manu et nous serions vraiment ravie que vous veniez.

- Écoutez, c'est très gentil, je vais réfléchir un peu.

Je m'étais toujours dit que si Marion faisait un jour un geste, je pardonnerais, pourtant elle a suscité tellement de souffrance que c'est difficile. Boubou tu veux vraiment que je sois en paix et que je me débarrasse de mon amertume ?

Je finirais par y aller. Gaïa est demoiselle d'honneur et ça me fait craquer de la voir en robe de taffetas vert d'eau avec son chapeau aux rubans assortis.

J'ai bien fait de prendre cette décision, le mariage est grandiose, tout le monde me parle de P.A. et je sens que mes ex-belles soeurs gardent toujours pour nous une affection sincère. De plus j'apprécie énormément Manu, les deux frères étaient complémentaires et s'entendaient à merveille.

Je regarde Marion et je la vois telle qu'elle est : une très jolie carapace et au dedans une petite âme toute seule, très seule, j'ai un réel élan de sympathie pour elle. Voilà Boubou, tu y es arrivé, j'ai profondément pardonné et avec joie.

Aurélie m'appelle de Martinique :

- C'est incroyable, j'étais paniquée à l'idée de partir toute seule, mais tout se passe trop bien !

- J'avais peur aussi, c'est pour cette raison que je t'ai pris un retour open.

- En fait, l'avion était surbooké et du coup, on m'a placée en première, là, j'étais à côté du directeur de N.R.J. avec qui j'ai un peu discuté, je lui ai expliqué que je partais à l'aveuglette et que je chercherai du travail sur place, il m'a proposé de venir le voir, la station avait l'intention de distribuer des petits cadeaux sur les plages et avait besoin de filles “représentatives”. Et attendez, ce n'est pas fini, l'hôtel où je comptais ne passer qu'une semaine parce que trop luxueux et trop cher a eu une grosse défection et me garde tout le mois à un prix ridicule, alors là, j'ai dit à Pierre-Arnaud : “Bon chéri, on se calme, tu exagères peut-être dans la surprotection, mais merci quand même, c'est génial !”

- Je savais que tu devais partir, je t'aime très fort, Aurélinette, profite bien !

Moi aussi, avant de retravailler, je savoure cet été à Paris, je parcours les rues et je fouille dans les fins de soldes où tout semble cadeau, je découvre des petits bistrots au soleil, des musées paresseusement entrouverts. Les golfs sont déserts et les green fees presque offerts. Dominique et moi, vivons tous les deux en circuit fermé comme si la ville nous appartenait.

On s'entend décidément merveilleusement bien. Nous avons pris l'habitude de vivre ensemble, alors on continue, il arrive le matin à l'heure du petit déjeuner avec du pain frais en clamant toujours la même phrase :

- Debout là-dedans !

Je me lève quand tout est prêt et on ne se quitte plus jusqu'à tard le soir, quelquefois même il dort à la maison.

Aujourd'hui c'est mon anniversaire, Bianca est en Italie, je me réveille avec une lourde tristesse, P.A. aimait tellement m'appeler ce jour-là, il y tenait, comme un gosse, pour m'embrasser le premier, ensuite invariablement je recevais par Interflora un magnifique bouquet de fleurs comme lui seul savait les offrir.

Je n'arrive pas à me lever, je reste assise dans mon lit et pour chercher du courage, je lui parle :

- Boubou, je voudrais un cadeau de toi, peut-être un petit signe ?

J'ai juste le temps de pousser un gros soupir et on sonne à la porte, ça ne peut pas être Dominique, nous avons rendez-vous plus tard, je suis tellement dans mes rêves que je m'attends carrément à voir des fleurs, mais ce n'est pas du tout çà, c'est une lettre recommandée des impôts, merci, c'est sympa ! je l'ouvre en me traitant d'idiote et en me fustigeant de vivre autant en dehors de la réalité, je la parcours et, dès les premiers mots, j'hallucine : “ Madame, il m'est agréable de vous adresser ci-dessous un chèque sur le Trésor de 832,52 euros en règlement d'un excédent de versement sur votre impôt...”

Comme mon frère potasse une bonne heure sur ma déclaration et ne s'accorde en général qu'une marge d'erreur allant de 1 à 10 euros, cela me paraît incompréhensible.

J'apprendrai plus tard, après vérification, qu'en fait

j'avais payé deux fois mon premier tiers sans m'en apercevoir - c'était la période où Patrick voulait me mettre sous tutelle - n'empêche que ce clin d'oeil du ciel ou de la vie me remplit de joie.

Pourquoi justement ce matin-là et sans que j'eusse à réclamer quoi que ce soit ? Cela reste pour moi un cadeau.

Puisque je suis dans les "signes", autant tout déballer, il y a eu la fois où j'accompagnais Gaïa chez une petite amie, Bianca m'avait bien donné le code de l'immeuble mais je l'avais noté à la va-vite et laissé sur mon bureau.

- Gaïa, on est mal, j'ai oublié le code.

- Ben, demande à Boubou !

Et immédiatement le code pourtant compliqué s'inscrit dans ma tête.

Par quel hasard cette phrase est- elle venue à Gaïa et comment ces chiffres sont arrivés jusqu'à ma mémoire ? Est-ce seulement la force de la pensée positive ? Je ne me pose même pas de questions, le principal est que "cela" existe.

Dominique vient de vendre son appartement. Tout est allé très vite, sa voisine voulait prendre sa mère, de moins en moins autonome, près de chez elle et dès qu'elle a su qu'un logement se libérait dans l'immeuble, elle s'est précipitée pour l'acheter sans même en discuter le prix. Il est complètement excité à l'idée de partir définitivement en Corse. Sa principale préoccupation étant, en plus, de hâter son déménagement, il vend certains meubles et en achète d'autres, plus appropriés.

Il me gomme avec une rapidité qui me laisse pantoise. Ce matin il passe me prendre pour aller chez Ikéa.

Je rêvasse dans sa voiture en écoutant "Summertime" et tout à coup sur la route, sauvagement comme un éclair, je prends en pleine figure un panneau marqué "Circuit Carole", je ne dis rien, ma respiration s'arrête juste quelques secondes, mais les panneaux vont se succéder comme une descente aux enfers : "Circuit Carole", "Circuit Carole". Dominique se tait. Je romps le silence d'une toute petite voix :

- C'est par là, le Circuit Carole ?

- Oui, pardonne-moi, je n'aurais jamais du t'emmener dans ce coin.

- Puisqu'on est là, je veux voir le rond-point.

- Tu es sûre ?

- Je veux voir où mon bébé a respiré pour la dernière fois.

Petit à petit on s'approche, une zone de bureaux, avec d'immenses centres commerciaux, aussi peu conviviale que possible et, tout à coup, une longue, longue ligne droite, sur deux voies, qui ne sert pratiquement à rien sauf à conduire au circuit.

- Arrête Dominique, c'est ici le circuit.

- Justement, voilà le problème, on ne peut y accéder qu'en tournant là bas au bout et en revenant sur l'autre voie.

On y est sur le rond-point, mon Dieu, le piège, quelle horreur, le tournant est pervers, mauvais, à 90°, en ne laissant qu'une légère marge de manoeuvre entre l'énorme cercle de béton et la route qui se rétrécit, mon amour, mon bébé, comment as-tu pu ne pas le voir ce guet-apens, ce tournant de la mort, toi si futé, si attentif, ce n'est pas un rond-point normal çà, il est infernal. J'ai besoin de toi, mon bébé, pas de cette mort idiote, dans ce lieu pourri, dessiné par des incapables ou des malades.

Il faut que j'ai la force un jour d'attaquer les autorités pour homicide volontaire, ce n'est pas possible que des ingénieurs soient assez retors ou assez méchants pour construire des traquenards pareils, en attendant je m'écroule avec des gémissements de bête blessée sur le morceau de béton encore arraché et qui gît là, par terre, il faudra du temps à Dominique pour me relever.

Plus tard, j'aurai Aurélie :

- Mais Mouma, je l'ai fait moi, de téléphoner à la Mairie, au Service de la Voirie, j'ai hurlé, le préposé n'en a rien à foutre, il répond qu'il y a un panneau de limitation de vitesse à 45. Il paraît que si les motards le respectaient, ils arrêteraient de se tuer...C'est intelligent, hein, comme raisonnement, on construit exprès des endroits dangereux pour voir si les gens aperçoivent le panneau, on dirait presque un jeu vidéo, il faudrait se battre.

- Je le ferai un jour.

Jean-Marc, qui travaille avec Fabians, m'appelle :

- Vous avez demandé un rendez-vous, ce n'était pas prévu mais Fabians est là cette semaine, voulez-vous venir ?
- Oui.

Je dis "oui" mais encore une fois je me demande si c'est raisonnable. Pierre-Arnaud là-haut ne va-t-il pas se fâcher ? Tout ce que l'on me raconte existe-t-il autre part que dans mon propre désir ? Alors je me fais une promesse, je vais y aller pour vérifier, avoir une confirmation, l'expérience d'une deuxième séance, puis j'arrêterai, je laisserai tout cela reposer pendant un bon bout de temps.

Fabians est complètement différent d'Airald, c'est un jeune homme - mais peut être n'est-il pas si jeune - timide, très sensible et visiblement mystique. Il va me parler pendant une heure avec des mots magnifiques qu'il alignera comme des cadeaux les uns derrière les autres et pendant une heure, je vais pleurer en les écoutant, en les absorbant, délicieux mélange de douceur et de douleur :

- J'entends de la musique, comme du métal sur du cristal, il arrive...Je vois les couleurs de l'arc en ciel, il est dans la lumière, il a les cheveux très courts, il est impressionnant de beauté...Il vous parle :

"Je ne me suis pas éloigné de toi, ma maman que j'aime, au contraire, je suis plus présent que jamais, je veille sur toi, je t'aide mieux ici que sur la terre, il faut que tu aies conscience des grâces qui passent...Prends tout de la vie et garde le plus beau, comme je le faisais."

Fabians sort de son recueillement et m'interroge :

- Il me dit que le message qu'il vous a laissé le jour avant l'accident est une sorte de testament, vous vous en souvenez ?

- Oui, c'était : "Maman, je suis au Top, je t'aime".

- Il est content que vous portiez son petit éléphant... Il aime bien les colombes que vous venez d'acheter...

- Heuh... En fait il s'agit d'un tableau, il est intitulé "PAX".

- Il est dans la joie, articule Fabians, "Je ne m'imaginais pas que ce serait aussi beau, c'est un émerveillement permanent, j'ai de la chance"...Il vous envoie plein d'amour continuellement, de la force aussi... Vous avez une question ?

- Boubou est-ce que tu seras là quand j'irai au ciel ?

" Ne t'inquiète pas maman, je viendrai te chercher, mais tu as encore du temps "... Il me dit que vous êtes en pleine période de formation, vous allez accéder à un monde nouveau, de façon naturelle, comme une eau vive qui coule d'une source, vous aurez à aider beaucoup de gens...

Et Fabians continue avec sa voix séraphique et ses mots si purs à m'offrir un sacré bonheur.

Pour finir, je murmure :

- Merci mon Boubou, tu m'as rendue heureuse tout le temps.

- "Je vais continuer" traduit Fabians qui esquisse un sourire : "Il me tarabuste pour que je vous dise, avant que vous ne partiez, qu'il est fier de vous, il vous embrasse de toute son âme."

Je pleure encore dans la rue, l'air est tellement doux et tellement douces les grâces que je reçois dans cette solitude de l'été... Puisse mon coeur s'en souvenir longtemps.

P.A., moi aussi je suis fière de toi, fière de l'intensité des souvenirs que tu as laissés et de tout ce que tu as réussi à être sur cette terre.

Je sais que plus puissante sera l'énergie positive que je déploierai, mieux je retrouverai Pierre-Arnaud. Je pense très fort à lui, je le ressens toujours comme un magnifique cadeau, certainement parce qu'il avait su cultiver à chaque instant ce fameux bonheur dont il parle.

De toutes les façons, on ne me laisse pas le choix, les vibrations basses me rendent tout de suite malade !

Petit à petit et dans la quiétude se passe doucement le mois d'août, je commence à préparer mon rendez-vous avec Jacques.

Qu'est-ce que j'aimerais faire ? D'abord retrouver mon premier métier, celui de conceptrice-rédactrice, il m'a rendue heureuse pendant vingt ans, sans doute peut-il encore le faire. De plus, j'y excelle, même si malheureusement, seuls ceux qui ont travaillé avec moi le savent. Sinon, je pourrais participer à un généreux combat : me battre pour une cause, appuyer une fondation, défendre un environnement... Je souhaiterais également être responsable d'une rubrique sur le "Self-Help", un sujet que j'ai découvert à Palo-Alto dans les années 90 et dont je connais presque toutes les clés.

Quoi d'autre ?

En fait, ce qu'il voudra mon deuxième mari, à condition que je satisfasse mon syndrome de la "machine à café". Il faut bien avouer que depuis que mon agence de pub s'est arrêtée, la "tribu travail" et son agora : la machine à café, me manque autant qu'un disque de la colonne vertébrale.

Mes copines me disent :

- Mais tu vas retrouver un homme, te remarier ?

- Non merci, je ne tombe que sur des hommes qui ne savent pas aimer.

- Tu veux dire que tu tombes sur des hommes tout simplement !

A une de mes tantes qui voulait me convier à une réunion dans le Nord, j'ai répondu :

- Vous êtes gentille d'avoir pensé à moi, mais désormais, mes réunions de famille, c'est au ciel qu'elles se passent.

Puisque je me suis éloignée de mon clan généalogique, puisque j'ai perdu mon clan marital, il faut à tout prix m'en recréer un autre, je suis heureuse que ce soit dans le boulot.

Le 6 septembre, 9h au Georges V, le maître d'hôtel est plein d'attentions :

- Il ne vous fera pas beaucoup attendre, c'est quelqu'un de très ponctuel.

Alors il a changé ! je me souviens des heures que je passais dans des rendez-vous manqués.

Il arrive et cela me fait vraiment plaisir, je savoure l'idée de retrouver et de partager enfin un peu de tendresse avec quelqu'un qui a marqué si intensément ma vie.

Je vais vite déchanter. Jacques m'aborde avec une conversation banale :

- J'ai cette année un challenge énorme à relever : pour exister on ne peut être aujourd'hui que dans les cinq premiers mondiaux. Nous sommes par bonheur cinquième, mais en réalité un faux cinquième. Pour te donner un ordre d'idées, le quatrième est dix fois plus important que nous...

Mais je m'en fous moi, peut-on être à ce point décalé ?

- Jacques ça ne m'intéresse pas du tout, j'ai des tas de choses à te dire... que j'ai mis dix ans à me remettre de notre histoire d'amour, qu'ensuite ton amitié m'a manqué trop souvent, je voudrais me rattraper un peu ce matin, savoir si tu es heureux, comprendre qu'elle est la force de ta femme pour avoir su construire avec toi, te demander aussi pourquoi tu as tellement pleuré à l'enterrement, te souviens-tu si fort de Pierre-Arnaud ? Et enfin, peux-tu m'aider à me remettre d'aplomb en me trouvant un job ?

Jacques marque un temps d'arrêt, c'est curieux comme il se protège, je crois qu'il va basculer dans un petit peu d'intimité mais il se reprend vite :

- Ma pauvre, je ne peux pas grand-chose pour toi, on entre dans une année de récession, les investissements publicitaires vont encore diminuer, il faut que je mette de l'ordre dans toutes les agences.

- Jacques, je ne te demande pas un poste de Directeur Général, peu importe le travail, ce pourrait même être un remplacement de femme enceinte, ou une année en C.D.D., mais tu dois comprendre que toute la journée je suis à la maison à penser à mon fils et que ce ne sont pas les quelques piges que je rédige qui vont me changer les idées ! Je voudrais juste sortir de chez moi.

- Je comprends, mais vraiment c'est un très mauvais moment, je ne peux malheureusement rien faire pour toi...

A l'intérieur je m'écroule, mon sang devient livide, mes certitudes blafardes, je devrais peut-être insister, supplier, lui parler de tous ces jours qui se ressemblent et que j'ai envie de “rendre”, lui dire que je n'ai besoin que de 1500 euros par mois et qu'il peut me les offrir à travers n'importe quel boulot, mais je suis bloquée, peut-être par cette fameuse éducation : “no explain, no complain”, alors je continue courageusement à alimenter la conversation d'une façon minable en essayant d'être aimable :

- Je sais que tu reviens du Kosovo, je t'ai entendu à la radio, comment peux-tu faire autant de choses ?

- Tu sais, ça fait boule de neige...

Pour moi en ce moment, tout devient plutôt flocon de neige et même flop de neige, nous continuons à parler un peu plus d'une heure, je fais ça très bien, donner l'illusion d'être bien, mais en même temps je me souviens des phrases magnifiques qu'il trouvait pour moi, de la magie que je déployais pour lui et je pense qu'il est vraiment triste de ne rien garder du passé.

Je suis sans aucun doute moins sélective et plus affective. Quand quelqu'un entre dans ma vie, même si nous nous quittons, je ne m'en sépare jamais. Je l'aime pour tout le temps et par tous les temps. Lui a un présent si flamboyant et un avenir si riche qu'il ne peut ni se retourner, ni s'encombrer.

Il a son chauffeur et propose de me raccompagner. Ah non, surtout pas, je veux pouvoir me décomposer tranquille !

A la maison, je ne pleure même pas, pas pour çà ! Je reste k.o. sur le sofa.

Jacques m'a uppercutée.

J'avais une telle assurance, je croyais que ce serait facile, qu'il m'interrogerait sur ma solitude, mon chômage, ma façon de me débrouiller, bref, je croyais naïvement qu'il allait s'intéresser à moi et qu'il trouverait de bonnes solutions, mais rien n'est jamais acquis...

Je me souviens pourtant de notre première rencontre quand il m'a déclaré :

- Il y a deux sortes de femmes fatales, les femmes enfants style Marylin, les femmes mystères, genre Ava Gardner, vous avez l'éclat de l'une et l'aura de l'autre, je veux vous épouser...

S'il a ressenti un peu de compassion, il a dû décider qu'une messe et un rendez-vous étaient suffisants, qu'il ne donnera, que ce soit à Pierre-Arnaud ou à moi, rien de plus.

Contre toute attente, je ne m'écroule pas, sans doute parce que je mesure à sa juste valeur le parcours accompli.

Mon âme et mon corps ont éclaté en mille morceaux le 29 décembre sous les torpillages de la souffrance et j'ai su en un an, non seulement les recoller mais les consolider.

Si j'étais un puzzle, je dirais que ce sont exactement les mêmes pièces qu'avant, mais qu'elles ne forment plus aujourd'hui le même dessin, je suis à jamais différente et certainement bien plus intéressante. Mais qui dans ce monde si mobile aura le temps de s'en rendre compte ?

Désormais il me faudra affronter le vide.

M'être heurtée au manque absolu m'a débarrassée de mes faux-semblants et en même temps, d'une certaine forme de séduction. Tout ce dont je me servais, comme excuses ou soutien ne me servira plus à rien. Je vais devoir créer de nouvelles racines et trouver d'autres repères or je ne sais même pas dans quelle direction les chercher et s'il existe quelque part pour moi encore un fil rouge à tirer.

Octobre et les feuilles commencent déjà à tomber, il va y avoir novembre et les jours qui s'enfoncent si rapidement dans le noir qu'ils nous entraînent avec eux, puis décembre et le glacial isolement de ceux qui sont trop en marge pour fêter une nativité, fut-ce celle du Christ, quand l'esprit est gris, les guirlandes semblent sornettes plus que musettes.

Souvent je me pose la question :

- Pourquoi ai-je ainsi malmené ma vie ? Je me suis imposé tellement d'épreuves alors que l'on m'offrait tant de chances qui étrangement ne me semblaient pas faites pour moi : Giancarlo et ses largesses, Jacques et ses prouesses, Gérard et sa tendresse, Patrick et sa robustesse.

Par je ne sais quelle fidélité aberrante à un idéal trompeur, je suis passée à côté, je me sens aujourd'-hui totalement laminée.

L'année 2 va être difficile, il va falloir apprendre à vivre avec cette étrange personnalité recomposée et quand même tout recommencer.

Dominique est parti habiter sa maison en Corse. Il cherche le bateau de sa vie, celui avec qui il pourra vieillir tranquillement. Le désir de la mer, c'est sa légende personnelle à lui.

J'ai beau me dire que le ciel m'a offert cette présence pour m'aider pendant pratiquement un an et que je devrais lui en être reconnaissante, j'en ai assez qu'on me reprenne tous mes cadeaux.

Le téléphone ne sonne plus jamais pour des invitations, les gens m'ont par pudeur, ou par peur d'une douleur qui pourrait porter malheur, rayé de leur liste.

Je sais qu'ils murmurent entre eux, ils disent que j'aurais dû aller voir Jacques tout de suite après l'enterrement de Pierre-Arnaud pour "profiter" de l'élan de sympathie dont je bénéficiais à ce moment-là et retravailler immédiatement.

" Elle n'en serait pas là, pensent-ils, si elle avait eu un peu plus de jugeote."

Ils parlent de jugeote, parce qu'ils sont agacés par cette gloriole idiote que je revendique : ne jamais avoir demandé de pension, d'argent ou quoi que ce soit pour moi.

Ils sont loin de concevoir à quel point je suis indifférente au terme "profit". Il n'a dans mon esprit aucune résonnance, sans doute par ignorance. En revanche, les mots composés d'amour comme co-nnaître (naître avec) ou com-passion (souffrir avec) évoquent un monde d'affection et de chaleur dans lequel j'ai envie de me retrouver.

Ils ne se doutent pas non plus combien je déteste l'idée qu'un homme ait à payer pour m'avoir épousée.

Quand c'est terminé, je préfère le remercier de tout ce qu'il m'a apporté, lui, devrait m'être reconnaissant pour les petites pousses que j'ai bucoliquement fait germer dans sa personnalité, j'espère qu'elles lui permettront de progresser et même si cela m'ennuie bien un peu qu'une autre bénéficie de la récolte, nous nous quittons avec tendresse.

Je vois les choses comme çà.

- Tu rêves, me répond-t-on, tu as toujours rêvé, en attendant, tu as perdu un an, tu aurais dû te secouer un peu.

Alors là, ils ont tort à un point qu'ils n'imaginent même pas!

Qu'est-ce que j'ai fait pendant toute cette année ?

...*Un minuscule pas vers l'éternité.*

Et ce tout petit pas est certainement plus important que le fameux bond de Jacques qui va passer de "faux" cinquième à "vrai" cinquième.

Enfin, c'est mon avis.

Sauf qu'il faut effectivement que je réagisse, il m'arrive de ne pas parler pendant tout un week-end. Même mes amies se sont éloignées, lassées certainement de me voir patauger entre le ciel et la terre, désorientées sans doute par cet isolement que je m'efforce pourtant d'enrayer.

J'envoie des C.V. toute la journée comme autant de petites bouteilles à la mer. Je continue mes cours de Yoga avec la sensation de retrouver un petit bout d'Himalaya. Pour que les soirées passent plus vite, je rédige des contes pour enfants, ceux que j'invente pour Gaïa. Peut-être seront-ils édités un jour.

Et de temps en temps : récompense, j'allume les bougies, je fais brûler de l'encens, je m'installe à la commode où sont les photos de Boub', je me concentre sur une feuille blanche et je parle avec mon fils. Les mots qui arrivent sont les siens.

D'où viennent-ils ?

De mon inconscient ou de son âme ?

Je ne sais pas mais en tout cas ils me montrent le chemin :

- Ma maman que j'aime, ne t'inquiète pas, je suis à côté de toi, *tourne-toi vers le soleil,* va vers la lumière, vis ! Il faut utiliser toute sa force pour être heureux....

- Tu ne trouves pas que tu es un peu gonflé, Boubou !

- Je m'occupe de toi plus que tu ne le crois...

- Tu ferais mieux d'être là !

- La présence physique n'est rien : *Notre amour est inscrit dans le ciel*, je t'aime plus que jamais, nos pensées s'unissent à chaque instant, ne lâche pas ce que tu as commencé...

- Bon... d'accord, je vais essayer.

- Encore une chose maman, tu n'as pas conscience de ta gentillesse mais c'est elle qui t'ouvrira le ciel, préserve-là, elle te guidera...

Quelquefois j'ai un peu honte de le déranger.

C'est vrai, il doit être hyper booké mon Boubou !

Il aide certainement Aurélie à avoir ses examens, parce qu'on ne peut pas vraiment dire qu'elle travaille Aurélie, elle s'étonne même ingénument du mal que se donnent les autres étudiants alors que tout est si facile pour elle.

Il protège aussi obligatoirement Bianca qui continue à prendre les chemins non balisés sans jamais s'en rendre compte, du style :

"Pourquoi serait-ce dangeureux de marcher avec des talons aiguilles sur une corde raide ?"

Et justement en ce moment elle change, elle devient plus mûre, commence à mettre le bout du nez dans la réalité.

Les amis s'extasient :

- Ce que ta fille est belle, elle a une allure et une présence rares, elle est aussi raffinée que cultivée et intéressante.

C'est drôle, moi je ne vois en elle qu'une petite fille craquelée, perdue dans l'absence de son père et qui pédale à l'envers.

P.A. me disait " lâche le guidon et prends-la dans tes bras". Je n'ose pas, j'ai trop peur qu'elle tombe. Peut-être qu'il le fait, lui, là-haut.

Mais il doit également "réceptionner" les motards, se consacrer à sa propre évolution et, bien-sûr, protéger Gaïa.

Il y a de quoi être épuisé.

Donc, je me calme et je récite des mantras : "Om Mani Padme Hum" ou "Nam Mioho Renge Kyo"... Un peu pour me conditionner, beaucoup pour ne plus penser.

D'autant que je progresse à vive allure, petit à petit, je n'ai plus besoin de feuilles, d'encens ou de lumière, comme Don Camillo le faisait avec Dieu, je dialogue directement avec mon fils.

J'ai supprimé la mort, cette intermédiaire, elle

n'existe plus...

Dans une semaine, nous serons le 29 décembre.

Mon envie de vomir augmente, je ne comprends pas pourquoi. Qu'ont-elles mes cellules à être ainsi les réservoirs d'une mémoire trop consciencieuse? Ne savent elles pas que j'ai cessé de gigoter, que j'ai accepté, que je suis en paix ?

Ne reconnaissent-elles pas les progrès de mon âme ? Apparemment non. Lancinant, mon mal de coeur reprend et les petits rats pourtant bien tapis semblent se réveiller.

Un an déjà mon bébé que tu nous as quittés et c'est comme si c'était hier.

Longtemps encore sans doute, il me faudra affronter ces rafales de souffrance qui arrivent soudainement, comme des ouragans, me coupent le souffle, m'arrachent les entrailles et me laisse exsangue, le corps tourmenté par mille démons, envahie d'un mal être qui doit ressembler à la folie ou peut-être à l'enfer.

Aurélie veut passer l'après-midi du 29 sur le circuit, c'est là, pense-t-elle, que fleurs à la main, elle communiera le mieux avec son fiancé. Rien à faire pour l'en dissuader.

Bianca ne sort toujours pas de son omerta et c'est sans se départir de sa réserve qu'elle m'interroge :

- Maman, as-tu des projets pour le réveillon ?

- Alors là, j'ai plein de cocktails : Immovane et Champagne ou Mogadon et Bourbon, au choix. Quant au 29, si c'est de cela dont tu veux me parler, j'irai pleurer dans une église entre 13h et 16h, je suis en train de recenser celles qui sont chauffées...

- Arrête ! Si on partait en Corse ?

Avec Gaïa-petit-miracle ? Quelle bonne idée : jouer aux pirates le matin et rapporter de la plage des "trésors de guerre", grimper dans les arbres, cueillir des arbouses, chercher des pignons, raconter des histoires toute la journée et profiter de tous ses baisers.

Il suffit de prendre les billets.

Dominique s'est construit un petit nid cosy. Heureusement que nous sommes avec lui, je ressens un épuisant et lassant mal de vivre. Que l'absence, ce concept, somme toute, fugitif, est lourde à porter.

Ce soir, le dernier soir, je ne comprends toujours pas, je veux revenir en arrière, téléphoner à Pierre-Arnaud à l'heure du déjeuner pour lui faire promettre de ne pas dépasser le soixante à l'heure, je rêve d'être maître du temps et de lui ordonner de rayer à jamais le 29 du calendrier, je m'en veux de ne pas être née bouddhiste, puisque eux, disent-ils, peuvent éviter les morts prématurées.

Mais avec Gäia dans les bras et pleins de surprenants coups de fils d'amis qui se souviennent, je passe la fin de cette année avec beaucoup d'amour à donner.

Malheureusement Dominique se lasse vite de partager sa maison, on investit sa cuisine, on envahit sa salle de bains, il n'a pas l'habitude et commence à s'impatienter. Ses regards se dirigent vers l'ailleurs, une ligne d'horizon qui ne passe pas par moi, mais par le Canal de Suez ou celui de Panama. Puisqu'il ne songe qu'à appareiller, il faut bien rentrer.

Paris est vide.
Aurélie passe me voir, elle aussi s'inquiète :
- Qu'allez-vous faire, Mouma ?

Je ne sais pas.

Je vais me réveiller le matin et me répéter consciencieusement : je fais confiance à la vie.
Je vais me battre avec rage, courage, énergie et désespoir pour faire de chaque jour un pauvre petit jour de gloire, empli si possible de la gentillesse que Pierre-Arnaud m'a recommandée.

Lorsque surgiront mes ennemis intimes : le manque ou la solitude, je leur dirai qu'ils ne peuvent rien, qu'il y a un chemin...

Puis j'essaierai de dormir et je recommencerai le lendemain.

Jusqu'à ce que vienne un signe du ciel.
Il arrivera bientôt et sera certainement très beau :
Je sais qu'ils m'aiment bien, là haut.

Remerciements

Ce livre a tissé autour de moi un halo d'affection qui m'a porté, autant qu'apporté.

Il y a eu Muriel Cerf. Elle a comparé le livre au "Taj-Mahal", le plus beau des monuments dédié à l'amour.

C'est mon premier cadeau.

Il y a eu Anita Devillette qui a mis toute sa passion à réaliser la couverture à partir d'une photo de mon fils. Elle voulait que ce regard qui "traverse le temps" et son chakra, au centre des sourcils, soient dans la diagonale du soleil.

C'est mon premier bonheur.

Gratiane, ma cousine et Sarah ma nièce - mes deux premières lectrices - ont su longuement parler de leurs émotions, des mots qui les ont fait pleurer, des phrases qui les ont fait rire.

Ce sont mes premiers encouragements.

Gilles Arira, le directeur artistique, a voulu me photographier devant une roue solaire de la porte de l'église Saint Sulpice.

C'est mon premier amusement.

Et aussi, Françoise de Ganay, si précieuse, si attentive à m'ouvrir le monde de l'édition. Yvonne Lebrun, mon amie d'Europe 1, mon amie de chaque instant.

Et encore, Jean-Marc Harel, qui connaissait mon éditeur et me l'a conseillé.

Et surtout, Alice Machado, merveilleuse auteur des "Silences de Porto Santo", délicieuse directrice de collection, qui a cru en ce livre et désiré le publier.

Tous, je vous aime.

ACHEVÉ D'IMPRIMER
EN DÉCEMBRE 2003
PAR L'IMPRIMERIE
DE LA MANUTENTION
A MAYENNE
FRANCE
N° 381-03

Dépôt légal : 4e trimestre 2003